大崎清夏詩集

青土社

大崎清夏詩集　目次

地面

指差すことができない

大崎清夏詩集

地面

地面

足もとに地面がある
くろ土の地面がある
地面では朴の葉がくちる
くちて湿ってゆく

くちた地面がどこまでもなつかしくひろがっている
足の指の先は地面にもぐっている
朴の葉がくちて湿って重なりあって沈んでゆく
そのもっとずっと下までもぐっている

裂けたサワグルミのうろに寒い陽がさす
銀色のダケカンバの皮がめくれて反る

（昔、どんな生きものも円筒形をしていると、ある先生が教えた
　木の幹や根
　植物の茎や海底のうつぼ
　動物のからだのすべての部分
　我々のうんこの形を見てもよくわかる）

足もとの地面から温かい水が
花粉のように昇ってくる
さようなら
さようなら
音をたてて昇ってくる
無数の円筒形が
その音に耳をすます

窓を拭く人

あそこに　窓を拭いている人が　います
家のなかで　ひとり　窓を拭いています
家はとても透明で　くもりひとつない
そこに窓があるのか、ないのか、わからない
けれどもその人が拭いている姿が見えるので
そこには窓があると
よく　わかる

わたしは　窓ということばを　知っています
しかくい窓や　まるい窓があります
窓にはシールを貼ったり
とまった蛾のお腹を観察して　遊ぶことができます

わたしは　遊ぶことが　すきです

あそこに　窓を拭いている人が　います
その人の両眼は　拭く手の先を　じっと見ています
手を見ているのか、雑巾を見ているのか、窓を見ているのか、
ここからはよく　見えない
もし　窓なんてなかったら、どうしよう
(わたしは　窓ということばを　知っています)
わたしは　しゃがんだら　てのひらに触った草を　ちぎりました

その人の家は　毎日夕方五時に
鍵がかかると　きいたことがあります
でもその人の家の戸口には　扉がありません
わたしは五時すこし前に　その人の家に行きました
わたしは黙って　その人の家にはいりました
その人が　窓を拭く手を少しとめて

窓のそばに　座りました
わたしはおそるおそるその人の隣へいって　腰をおろしました
黙ったままで
その人が　窓のむこうを見つめていたので　わたしも
同じ方向を見つめました
窓が見たくて　目をこらしました
窓が、どうしても、見えない
（わたしは　窓ということばを　知っています）
わたしはこらえきれなくなって
「あなたには、窓が見えるのですか」
とその人に訊ねました
その人は
「窓ってなんですか」
といいました

わたしはノートをとりだして

線を一本かきました
上から下へ、垂直な一本の線です
その人へおしえるつもりで
わたしは線をもう一本かきました
垂直な線の下にひろがる、平行な線です
もう一本、また一本、線をかきたしているうちに
窓になりました
線はべんり

ちょうど、そのとき
五時の鐘が鳴り
わたしは立ちあがらなくてはなりませんでした
線でかいた窓を抱えたまま
わたしははいってきたのとは違う戸口からその家を出て
すぐに後ろを振り返りました
窓のむこうで

その人は立ちあがって
また　窓を拭きはじめました
わたしはそれを窓の外から　眺めていました

その人がこちらにむかって
手を振ったような気がしました
わたしはいそいで手を振りかえしました
するとその人はもう　窓を拭いているだけでした
窓を拭く手の運動が　わたしに
手を振ったように
見えただけかもしれませんでした

鍵がいつかかったのか
わたしにはわかりませんでした
鍵はずっとかかっていたのかもしれません
ずっとかかっておらず、いまもかかっていないのかもしれません

その家の戸口には扉はなく
わたしにはどんな鍵がかかったのか
確かめることができません
「鍵ってなんですか」
とわたしはつぶやきました

それからまた　わたしは見ました
窓を拭くその人を
窓の外から
窓をとおして

熊の里

誰かに見られたような気がして
振りかえると、ゴミ捨て場の青ネットだった
朝のしずかな砂利のうえで、体重のかけどころに困っていて
振りかえると、やあと言った
ゴミ捨て場の青ネットには、足がなかった

わたしはゴミ捨て場の青ネットのために歌をつくって歌ってやった
それはこういう歌だった
　青ネットはいつもここにいる
　青ネットはたまにのぞきみる
　青ネットには足がない
　青ネットには足がないからどこへも行けない貝殻みたいにどこへも行けない

青ネットは青いひもがいっぱい重なってできている
青いひもがいっぱい重なって網になってできている
網は青い穴が空いているのではなくて穴の周りが青いひもがいっぱい交差して網になってできている
網がひろがったりたたまれたりまるめられたりしてそれは青い
網のことを英語でネットといってそれは青い
ある青ネットは茶色い、そしてそれは青い
青ネットには貝殻みたいに足がない
青ネットには足がないそしてそれは青い
貝殻みたいに果てしなく青い
けんぷん、けんぷん。

きょうも、熊らが里に出て
呑気に桜の木に登って桜の木の実など食って
そのことがひろくニュースになって伝播し
わたしはとてもはれやかな気持ちになって

口を噤む

誰かに呼ばれたような気がして
振りかえると、八月の光だった
新宿のビルの森の奥から、火事の煙が昇っていて
振りかえると、息をつめて止まった
　だ、る、ま、さ、ん、が、こ、ろ、ん、だ、
そうして起き抜けの観覧車の真似で
まただらしなく昇りだした

わたしは八月の光のために歌をつくって歌ってやった
それはこういう歌だった
　八月の光は隠れてる
　八月の光は匂いもしない
　八月の光の声がする
　知らない母親の声がする

八月の光
鉢植えの水遣り
蜂蜜のべっとり
はちまんのお祭り
八月の光は新宿のビルの森
八月の光は新宿のビルの森の火事
八月の光は新宿のビルの森の火事の煙
八月の光は絵がうまかった
八月の光は顔と景色をたくさん描いた
八月の光のあしもとに、顔と景色がたくさん落ちた
誰の名前だったろう、八月の光というのは
どの場所の名前だったろう、八月の光というのは
どんな時間の名前だったろう、八月の光というのは
どの八月の光が誰かの名前だったろう
けんぷん、けんぷん。

だっけど、でべえ熊だな
しょんない熊だな
ずいぶんいかかったっけなあ
なんでかこんなに嬉しくて
わたしは口を噤んでいる

誰かに肩を叩かれて
振りかえると、ひとりの男だった
ちいさい男で、わたしを見上げて
振りかえると、ばいばいと言った
片方の手を、隣のちいさい女とつないだまま
もう片方の手をこちらに向けて
ばいばい！　ばいばい！　ばいばい！
わたしはわたしの手をできるだけちいさく上げて
振りかえすと、ばいばいと言った
ばいばい！　ばいばい！　ばいばい！

今度は隣のちいさい女も一緒になって叫んだ
ばいばい！　ばいばい！　ばいばい！
前と後ろから先生たちも叫んだ
ばいばい！　ばいばい！　ばいばい！
そうして黙って行列を直して
もうすぐにどこかへいなくなった
わたしはちいさい男のために歌をつくって歌ってやらなくてよかった
わたしは隣のちいさい女のために歌をつくって歌ってやらなくてよかった
わたしは先生たちのために歌をつくって歌ってやらなくてよかった
つくって歌ってやらなくてよかったよくなかった
つくって歌ってやらなくてよかったよくなかった

わたしは朝日が眩しくて……

わたしは朝日が眩しくてくるしかった
ただもうなにもかんがえずに紙を折った
折り紙のかめと折り紙のつると折り紙のりすと
折り紙のえびと折り紙のらくだと折り紙の
えりまきとかげ
が出来た
えりまきとかげは難しさ星五つだった
まず半分に折る
まんなかにむけて点線で折る
もういちどまんなかにむけて点線で折ってひらく
折って折って折って折って折って
ただもうわたしはくるしさからのがれたかった

わたしはいつも折っていた
朝日が窓からいっぱいに射しこんだ
わたしの折る手は止まらなかった
折り紙のせみが出来た
折り紙のかにが出来た
折り紙のふうせんうさぎが出来た
わたしはかれらのえさばこを折った
それからかれらのみずのみばを折った
せみのとまる木を折った
かにのかくれる岩を折った
それからふうせんうさぎをふくらます空気を折った

わたしの折る手は止まらなかった
朝日が窓からいっぱいに射しこんでいたが
わたしは折りつづけた

ゆびがこすれて皮がむけて血が出てもいいと思った
爪がわれて机にあたってはがれてもいいと思った
けれどもゆびもむけなかったし爪もわれなかった
血なんか出なかった
わたしはそうまでして折れなかった

紙の折れる音が耳障りだった
わたしは耳をふさいだ
耳をふさいだ手で折ろうとして失敗した
耳をふさぐか折るかふたつにひとつだった
わたしは折ることにした
そうしてまた折りはじめた
紙の折れる音が耳障りだったががまんした
がまんしてピアノを折った
がまんしてベッドを折った
がまんしてゆのみを折った

朝日の眩しさはやわらいでいた
紙の折れる音はますます大きくなりひびいた
耳をふさぎたかったが手があいていなかった
誰でもいいからこの耳をふさいでほしかった
わたしは誰かを呼んだ
誰か、誰か、誰か、
ただもう大声で呼びながら紙を折った
大声でシャツを折った
大声でスカートを折った
大声でやっこさんを折った
折って折って折りつづけた

すると
やがて誰かの手がわたしの耳をふさいだ
紙の折れる音がやんだ
わたしは一瞬

うとうとした

紙の折れる音はもう聞こえなかった
わたしはコレサイワイと折りつづけた
わたしの手と耳はふさがっていた
わたしの手と耳はみちたりていた
わたしはあんしんした
ただ朝日が
朝日が眩しくてくるしかった

微風も光線も

毎年、冬になるほんの　　前に、すなはまと呼んでいる場所に行く。意固地なくらいに、ひらがなで、すなはまと呼んでいる。呼んでいるのは私である。私だけで持っているのなら呼ぶ必要はないので、ひとに向かって呼んでいる。だれに向かって呼んでいるかといったら、Sに向かって呼んでいる。

すなはまには、Sと行く。そうではない、すなはまに行くと、Sがいる。そうではない、すなはまに向かう駅の改札口の前で、私はSと待ちあわせる。そうではない、駅の改札口の前で、私はいつもSと会いそびれる。そうではない、すなはまで、わたしたちは会う。

すなはまに行く道は、大根畑のなかにある。うねうねと曲がりくねって延びている、大根畑のなかに。そうではない、道は、大根畑のそとにある。道は、大根畑と隣りあっている。冬になるほんの　　前に、大根畑の大根はよく育っている。ちぎれた大根の葉と茎が、道の上に落ちている。私の足がそれを踏む。そうではない、私の頭がそれを踏む。そうではない、私は踏みたい、踏んで回りたい、大根の葉と茎に満ち充ちた水分の具合いを、回収したい。大根畑のそとを歩きながら、私の欲望は、すなはまから逸れつづける。そうではない、大根畑も、水分も、すなはまのなかにある。急ぐとすぐに着きました。

毎年、冬になるほんの　　前に、日没が見える場所に行く。わたしたちは日没を見る。日が沈むまで、日に晒され、水分を奪われる。奪われたのと別の水分を取りこむ。その場所をすなはまと呼んでいる。すなはまの奥に、海が広い。海のへりで歪んで溶ける日没が終わると寒さがからだの穴という穴から入ってくる。逃げよう。わたしたちは逃げる。毎年、日没が見えるはずのすなはまで、見えるはずの日没が、雨が降りだして、見えない、すなはまに向かう駅の改札口の手前で、雨の線を見ている、Sがいない、電車は折り返す、折り返す、折り返して出発してゆく、肌寒い雨のなかをずっと、出発してゆく、出発してゆく、まだ出発しない、電車にわたしたちは乗る。出発してゆく。思いだしている日没がある。

すなはまに、わたしたちはマーブルチョコレートと水筒をならべてままごとの真似ごとをする。日が沈むまで、砂のうえから、マーブルチョコレートをとって食べる。日が沈むまで、砂のうえから、水筒をとって温かいコーヒーを飲む。靴に砂がはいってゆく。大根が捨ててある。海辺の野良猫がおしっこをする。海辺のジンジャーとピクルズ屋が閉まる。靴から砂が溢れてくる。とんびが飛んでゆく。ガラスの破片が落ちている。大根の水分がなくなってゆく。出発してゆく。

日が沈む。

「どっから。」

「東京から。」

「どっかへ泊まるかね。」

「いいえ、わたしたちは、帰ります。」

日が沈んでいる。もうずっと前に。逃げよう。逃げる。出発して。思いだして。急ぐとすぐに。思いだして。思いだして。急ぐとすぐに。肌寒い雨のなかを。

冬になるほんの　前に。呼んで。呼んでいる。

私たちは、流れるを、川と呼ぶ。

さいしょに、小さい灯りがともっていました。
小さい灯りは、まあるいお皿のうえに載っていました。
まあるいお皿は、どこまでも続く塀のうえに置いてありました。
塀はとても高い塀でした。

とても高い塀のうえで、小さい灯りが、ともっていました。
高い塀でへだてられた向こう側とこちら側、それぞれ、人の往来がありました。
人の往来がありましたので、それは道でした。
二本の道が、とても高い塀をへだてて、どこまでも、続いていました。

二本の道のあいだで、小さい灯りが、ともっていました。
前の道には、朝顔が咲き、犬が駆けまわっていました。

後ろの道に、雨が降りました。
雨は、強くなったり弱くなったりしながら、昼となく夜となく、
降り続きました。

降り続く雨のなか、小さい灯りが、ともっていました。
後ろの道に雨が降ると、水がたまり、その水が、たかいところからひくいところへ、流れてゆきました。
たかいところからひくいところへ、流れていったので、それは川でした。

川沿いで、小さい灯りがともっていました。
川のうえに、雨が降りました。
雨は、強くなったり弱くなったりしながら、春となく秋となく、
降り続きました。
川のうえに落ちた雨は、流れる川になりました。
まあるいお皿に落ちた雨は、まあるい水たまりになりました。
前の道にも、雨が降りました。

前の道に降った雨は、道に吸収されて、道の色が、暗く変わりました。
風が吹き、道が乾くと、道の色は、またあかるくなりました。
あかるい光の溢れている日でした。

あかるい光の溢れている日に、小さい灯りが、ともっていました。
あかるい光は、ゆっくりと、そら高く昇ってゆきました。
そら高く昇るほど、あかるい光は、小さい灯りに近づいてゆきました。
小さい灯りと、あかるい光は、お互いに、眩しい相手に背を向けました。
背を向けたまま、あかるい光は、なお、小さい灯りに近づきました。
そうしてあかるい光と小さい灯りは、ぴったりと背中合わせにくっつきました。
背中合わせにくっつくと、それはとても強い光線になりました。
とても高い塀のうえから、とても強い光線が、道と川に、射しこみました。
とても強い光線を、往来の人々が、手をかざして遮りました。

道と、川と、塀のうえに、とても強い光線が、射しこんでいました。
道にはりんどうが咲き、犬がときおり吠えました。

川には鯉がすみつき、ときおりぼっちゃりと跳ねました。
光線は、すこしずつ弱くなってゆきました。
光線が弱くなるたびに、川面はきらぴら光りました。
光線はもうすっかり弱くなって、もとの小さい灯りに戻りました。
川には鯉がすみつき、ときおりぼっちゃりと跳ねました。
ぼっちゃりと跳ねると、川の水が塀に飛び散りました。
ぼっちゃりと跳ねると、塀の高いところにまで、川の水が飛び散りました。
ぼっちゃりと跳ねると、まあるいお皿の裏側を、飛び散った川の水が、
蹴りあげました。

蹴りあげられたまあるいお皿は、小さい灯りを載せたまま、傾いて塀をすべり、
道のうえに落ちました。
落ちると、まあるいお皿は、こなごなになりました。
落ちると、小さい灯りも、こなごなになりました。
こなごなになったので、見分けがつかなくなりました。
それは光るこなごなのかけらでした。

こなごなのかけらが、道のうえで、光っていました。
こなごなのかけらのそばを、人の往来がありました。
往来する人のひとりが、こなごなのかけらの光っているのに気がつきました。
光っているのに気がついたので、それは日暮れでした。

日暮れに、こなごなのかけらが、光っていました。
こなごなのかけらの光っているそばを、人の往来がありました。
黙って歩いてゆく人がありました。
さぷさぷとつぶやきながら、歩いてゆく人がありました。
朗々と歌いながら、自転車を飛ばしてゆく人がありました。
こなごなのかけらの光っているそばを、
会社で働いて帰る人や
郵便局へゆく人や
かたい帽子をかぶった男の人や
眼鏡をかけた女の人や

郵便屋さんや
豆腐屋さんや
散歩の途中のシーズー犬や
食料品を買いこんだ帰りや
食料品を買いこみにゆくところや
働かないでぶらぶらしているおじさんや
首にカメラを提げてきょろきょろしている人や
小学生が
通り過ぎました。
小学生が通り過ぎたので、その道は、通学路という道でした。

通学路で、こなごなのかけらが、光っていました。

ひとりで道を歩いていた小学生の男の子が、それを見つけて、拾って、ポケットにしまいました。

男の子が拾ったので、それは男の子のかけらになりました。

男の子のポケットのなかで、男の子のかけらが、光っていました。

男の子がまた歩きはじめたので、男の子のかけらは、光りながら、
移動してゆきました。
男の子は、川沿いの道を、歩いてゆきました。

さいしょに、小さいかけらが、流れてゆきました。
流れていったので、それは川でした。
小さいかけらは、たかいところからひくいところへ、川面を流れてゆきました。
きらつら、ぴらつら。
きらつら、ぴらつら。
小さいかけらは、その日の最後の日の光に反射して光りながら、
流れてゆきました。
川面を、光りながら、流れていったので、それは川魚のせなのうろこでした。
きらつら、ぴらつら。
きらつら、ぴらつら。
川面のうえを、ミサゴが一羽、飛んでいました。

ミサゴは、光りながら流れる川魚のせなのうろこを見つけると
光りながら流れる川魚のせなのうろこめがけ、斜めに斬りこんでゆきました。
ミサゴが降下します、きらっ、
ミサゴが降下します、らぴらっ、
ミサゴが降下します、らきらっ、
ミサゴの両脚が、光りながら流れる川魚のせなのうろこを
水平にはさんですくいあげます、らぴらっ、
水平にはさんですくいあげましたので、それは獲物でした。

さいしょに、小さい灯りがともっていました。
小さい灯りは、まあるい、黄色いお皿のうえに載っていました。
まあるい、黄色いお皿は、白い、どこまでも続く塀のうえに置いてありました。
塀はとても高い塀でした。
とても高い塀に面して、一本の樹木が佇っていました。
とても高い塀に面して、一本だけ佇っている樹木は桜でした。

とても高い塀に面して、一本だけ佇っている桜は満開でした。
それはまっしろでした。
桜がまっしろだったのではなく、
「とても高い塀に面して、一本だけ佇っている桜は満開でした。」の
「と」から「た」までが、まっしろでした。
まっしろは、とても高い塀よりもなお高く
伸びてさかり、はりめぐりました。
まっしろのひとところが、ひょうとはがれて
黄色いお皿のうえに落ちました。
小さい灯りがともっていました。
はがれて落ちたまっしろのひとところが、黄色く染まりました。

山をくだる

山をくだっているとき、ある男と一緒だった
四肢に毛の生えた男で、軽そうな黄色の上着を身につけ
腰に空の水筒をぶらさげて、わたしの前を歩いた
男がたくましかったので見ていたかった
その黒い首筋の動きに沿って汗の落ちるの
その髭の水分を含んで垂れていくの
その足の指の泥土に汚れていくの
その足は藁草履だったから、汚れ具合いがよく見えた
男は山の景色に立ち止まっては歌をよんだ
わたしは男の足の汚ればかり見つめながらそれを聞きました

山をくだっているとき、伏し目がちになるのは

登っているときよりも黙りがちになるのは
神様か誰かがわたしたちに喪に服すようにというのだと思う
山にあるすべては次の季節にはもうなくなる
たぶんこの男も次の季節にはもうなくなるかもしれない
男のよんだ歌の景色が見えなかった
一緒に歩いているのに、一緒に歩いているから
男の足が踏んだ場所を正確にたどることができなかった
目をひらいて見ているのに、目をひらいて見ているから

わたしは旅が好きなのではないのだ、と男が言った
気がついたらもう汽車に乗ってどこかへ向かっている
（カナシカナホクカイドウノナガグツハオチンチンマデトドキツルカモ）
はがきに小さい四角い字で男はよみました

まだ青いくぬぎの実ばかり落ちている山をくだっているとき
黒い大きな蛾が頭上を何羽も飛んでいく山をくだっているとき

その男に会った
山をくだっていたから、会えたのだと思う
それからその男もわたしも黙って最後まで歩いた

ははの交代

わたしの手のゆびのつめにはすぐにくろいあかがたまる
わたしのおばあさんがはたけをもっていたからそれは
しかたないとわたしはおもっている
わたしのおばあさんはわたしのはははのははである
はははのはははであるわたしのおばあさんがにがつにしんだのでおそうしきが
あった
コチラハモウショデカイセイデス

ははのははであるわたしのおばあさんははたけをもっていた
ははのははであるわたしのおばあさんははたけをたがやした
ははのははであるわたしのおばあさんは毎日はたけをたがやした
そうして野菜と果物の種をまき、苗をまびき、肥やしをやった

きゅうりがとれ、とまとがとれ、なすがとれ、枝豆がとれた
わたしはははのははであるおばあさんのてからとまとをかじった、はちがつのはなしだ
わたしはははのははであるおばあさんのてからきゅうりをかじった、はちがつのはなしだ
ははのははであるわたしのおばあさんのはたけの真上をB－29がとおった、はちがつのはなしだ
たがやすてをとめ腰をのばしてははのははであるおばあさんはそれをみあげこんなのにかてるわけはねえら、とおもった
コチラハモウショデカイセイデス

むすめを三人とむすこを一人うんだ
むすめはみんなははになり、むすこは結婚してその妻もははになった
ははたちはむすめやむすこをぽんこぽんことうみそだてていった
ははたちのははとなったおばあさんの背はだんだんちぢんでいった
ちぢみながら、はたけをたがやした

ちぢみながら、毎日はたけをたがやした
ちぢみながら、種をまき、苗をまびき、肥やしをやった
きゅうりをとり、とまとをとり、なすをとり、枝豆をとった
そしてははたちとなったむすめたちに自転車で届けた、はちがつのはなしだ
ちぢみきって、にがつにしんだのでおそうしきがあった
そしてははたちのまちこがれたお盆が過ぎた
ははたちがははたちのははであるおばあさんのへやにおしかけ
へやはははたちでいっぱいになった、はちがつのはなしだ
エイヤッと桐だんすがあけられきものが舞った
銘仙（めーせん）が、引き摺りおろされ
琉球絣（りゅーきゅーがすり）が、引き摺りおろされ
大島紬（おーしまつむぎ）が、引き摺りおろされ
コノオーシマハワタシガモラウコトニナッテイマス
とははたちの顔したむすめたちがくちをそろえてさけんだ
こんなのにかてるわけはねえら、とおもった

いいや、ちがった、そうではなかった
日曜の午後、ははたちのははは臥せっていた
じぶんのははの家に、ははたちはつどっていた
ははたちはよくわらい、よくしゃべり、冗談をいった
たくさんのははたちのおおらかさの
中心にひとりの（みんなの）ははがすえられ
その名前はチヨでありシゲでありトキでありスエだった
大勢の（だれかの）ははたちはいつもよりも多少たっぷりした感じで
ゆったと座っていた
その名前はトモコでありミエコでありカズコでありヨシコだった
ひとりの（みんなの）ははははもうだいぶちぢんでいた
こんなのにかてるわけはねえら、とおもった
そのとき、ははの交代は完了していた
その交代のあいだにも
きゃべつがとれ、だいこんがとれ、ゆずとみかんとでこぽんがとれた
それをとったのはわたしだった（わたしはまだははではなかったから）

コチラハモウショデカイセイデス

わたしの手のゆびのつめにはすぐにくろいあかがたまる
わたしのおばあさんがはたけをもっていたからそれは
しかたないとわたしはおもっている

春と粉

一月、二月、三月、四月
いつか私に子どもが出来ると
それは〈笑う〉という文字に似て
両手を天に
両手を天に
ひらっひらっと踊るだろう
（こんかにぺ　らんらん　ぴしゅかん）
（しろかにぺ　らんらん　ぴしゅかん）

いちめんの花の白さのなか
彼女と私は粉を練る
薄力粉五〇〇グラム、よーい、

強力粉五〇〇グラム、よーい、
砂糖一〇〇グラム、よーい、
テーブルのうえに打ち粉して
(花はくるくるふってくる)

眩しく明るい野っぱらのうえ
彼女は私を誘うだろう
大きなボウルに、小さなボウル
粉をこねこね言うだろう
　あたしね、きょうは
　　ひとりでおふろはいるわ
そしてね、あしたは早起きをして
　自分の洗濯物を干すの。
(粉はどんどん降り積もる)

風に舞いとぶわたぼうし

あすこにみえるあの母親は
きっと私よりふたつ年下
しろくかがやくふとい二の腕
わたしはうらやみ、かみつきたい

一月、二月、三月、四月、
いつか私に子どもが出来る
いつか私に子どもが出来る
いつか私に子どもが出来る
それは〈笑う〉という文字に似て。

ひゅーじ・ぱーく

活動する人々は公園でやすむ
たくさんの活動する人々のために
公園はとても広い公園でなければならない
活動する人々は大きな黒い犬や
小さなまだらの犬を躾ける
そのためにふたつのドッグ・ランが
整備されなければならない
活動する人々は自転車に乗る
そのためにサイクリング・ロードは
木立ちのすきまを縫ってゆく必要がある
（単調にならぬよう
　水路をわたる簡単な橋や

じぐざぐやカーブやトンネル
たまに急勾配の坂
季節ごとに花の入れ替わる花壇などを
　傍らに配置すること）

活動する人々はどこかから
子供たちを公園に連れてくる
背の低い子供が地面に直角にすわるために
芝生は好ましい長さに刈られ
背の高い子供がフリスビーであそぶために
日差しは強すぎない程度にしばらく当たる

バスケットボールのコートでは
活動する男女がうごきまわる
重たくてよく跳ねるひとつのボールが
どこかから手配される

（このあたりで、　日が暮れてゆくこと）

公園の西側には活動する電車に乗ってきた人々のための門が
公園の東側には活動する自動車に乗ってきた人々のための門が
公園の南側には活動する人々の歩いてくるための門が
それぞれ設けられていて
そのほかにも無数の小さい門が
できるだけ目につかないように
踏んでしまってもわからないように
いたるところにあるようにする
（これは安全上の問題。）

活動する人々の安心のために
噴水が　定められた不器用さで
かたちを造る

そして公園のいちばん小さな門には事務所があって
活動する人々の出入りするのを
一匹のふとったネコと
一人の小さいおばさんが見ている

あとがきにかえて

四〇年といま

二〇〇七年の暮れのこと。わたしたちは高田馬場のふるいバーでお酒を飲んでいた。岡崎藝術座の一人芝居「雪いよいよ降り重ねる折からなれば也」を観たあとのことだった。ついさっきまで、そのカウンターの向こうでひとりの若い女優さんが、バーのママの四〇年分の「いま」を演じていた、その同じカウンターの向こうで、そのバーの実のママであるりつこさんが、手に持った大きな氷を割り続け、ロックのウィスキーをつくり続けていた。その時、黒いコートのおじさんが入ってきた。狭いカウンターのまんなかの席に黒いコートのおじさんは座った。りつこさんが、あら、二年ぶりじゃない？ と言った。言った傍から、こないだ誰それが電話してきたのよ、と喋りだしたりつこさんとそのおじさんは、とても二年ぶりとは思えなかった。りつこさんの四〇年全部がいまなのだと、その会話はあかしていた。

カウンターの向こうに、いまはりつこさんというひとがいる。でもあと四〇年経ったら、りつこさんを血や肉にしているバーそのものが、陰もかたちもなくなっているかもしれない。四〇年もバーを続けるという、嘘みたいなことをやっている、りつこさんという現象。四〇分かそこら、嘘をつき続ける、演劇という現象。どちらもあまり変わらない、とわたしは思った。

お酒を飲みながら、わたしたちはさっき入ってきた黒いコートのおじさんの左隣に座っていた。おじさんはカウンターに乗せた上半身を少しわたしたちのほうへ傾けて、話しだした。早稲田に通っていたころ、原宿の、いまはキャットストリートの入口となった角の三軒目に下宿していたこと。安田講堂事件の折で試験はレポートばかりだったこと。ドイツ研究会に入ってカフカやサルトルやニーチェを読んだ。髪は伸びほうだい、警官に職務質問されて調べられた鞄のなかには、本ばかりいっぱい詰めてあった。先輩の議論に啓発されて、思想を、哲学をやめないために、倫理の先生になる道を選んだ。

会話の途切れめに、おじさんは名刺を取りだして、いつでも来てください、と言った。名刺には「校長」と印刷されてあった。地元の山梨の高校の校長先生に、おじさんは、最近なったのだそうだ。僕はね、保健の教諭のレポートをね、実に興味深く読んだんです。とおじさんは言った。いまの若者が保健室で訴えるのはね、吐き気と、倦怠感。それはただの吐き気ではない、サルトルのいう吐き気のことだと、僕は考えるんです。

おじさんの四〇年も、そのバーで、全部がいまのことだった。わたしはその夜、二つの四〇年の演劇を、ひとつの小屋で観たのだと思う。

註

窓を拭く人

＊二〇〇八年に東京都現代美術館で催された「パラレル・ワールド　もうひとつの世界」展に出展されていた内藤礼さんの作品「無題」に着想を得ました。

熊の里

＊ガートルード・スタイン「THE WORLD IS ROUND」、フォークナー「八月の光」からの引用・参照箇所があります。

春と粉

＊知里幸恵編訳「アイヌ神謡集」からの引用箇所があります。

指差すことができない

指差すことができない

境界線をきめる協議が
きょうもいたるところにあって
健康には定義がなくなった
吸収してもくるしい
排泄してもくるしい
だからたのしい気持ちで
働くしかなくなった
ごつごつした岩場に生える
黒髪のような海藻をはがして
それを食べたり
売ったりしながら
女の子たちは笑っている

病をえるのは嬉しいこと
血の色を見るのは嬉しいこと
夕陽の濁流や包丁の束に
白い脚で跳びまわる立ち仕事・風土記・風俗
規則正しい人の心拍数がみだれて
あなたは右手の親指をもちあげる
明日来てください
声を聞きたいから来てください
なにか物語をしてください
ひとりで困っちゃいました
勧めあげもせず
添いとげもせず
果たしあうこともなく
母性本能のぼんやりと
逃走本能の忘れっぽさを併せて
いつもうかうかしていた気がする

しわくちゃですけど
見てくださいこの肌理を
毛穴の小ささを見てください
そうです
自慢なのです
この島の女の子の
新しい健康の定義です
たのしい気持ちの労働です
ようやく禁止が解かれた
石油ストーブの臭い
ビールも少しは飲みます
でもチーズは若い子のものね
あたしも大好き
あはは、ふふふふふ。
黄色いくちばしの渡り鳥
絶滅したかしていないか

誰にもわからないじゃないの
隠れているだけかもしれない
海女の手の届かないところのウニみたいに
もうここへ嫁に来て六〇年になりますから
災難、運命、幸せです
選ぶってことがないのです
あのひともおともだち
ここのひとはみんなおともだち
海の神様にお祈りするとき
神様の顔がはっきり見える
その顔は波や泡で出来ていて
指差すことができない
肌理の下であなたの血は
筋状には流れないで
ひげ根のように
ガムランのように

岩場の日暮れにしみわたる

ラ・カンパネラ

ここからはあなたが見える。
私は出来るだけ注意力を散漫にしようとして
霞がかった朝の路上に出る。
石を使ってあなたを呼びだすのは
今日でなくてもいい、と考える。
あなたがなにか喋っている。
私には、黙ってと言うことができない。
あなたが嬉しそうな顔で、首を横に振っている。
私は、とてもおなかが空いてきている。
あなたの髪の一部分が、ふぁっと浮く。
私の右手の指はどうも、それを梳かしたいらしい。
成就させたい。

どうでもよくなってしまう。
連絡しないといけない。
どうでもよくなってしまう。
ぶっ壊れそうな鈴
あなたの頭蓋骨まであと少し。

たくさんの人が住む
大きな建物の群落が見える。
車道から轟音がきこえてくる。
あなたがこちらに向かって、何か尋ねる。
僕たちは自分のことが好きかね？
そう尋ねたのだと、私は受けとる。
皆は、あなたのことを哲学者だという。
私は、あなたにはばかみたいに一途なところがあるだけだと思う。
大きな建物の群落を縫う車道が見える。
車は一台も走っていないように見える。

あの道の真んなかに跳びだしたい。
強烈にそう思う。
それから、自分をばかだなと思う。
跳びだしたい、などと思わなければ
もうとっくに、跳びだしているはずだ。
体温の問題はいつもスリに遭う。
それを奪うのは私のじゃがいも頭だ。
でも、あなたは明日も変わる。
あなたに優しくしたいとおもって
知っている東京を思いだそうとした。
うまくいかないので
泣けてきた。

私たちは晴れやかな和音に
ぼんやりした不確かな性欲に似た気分を煽られる。
なにかを生みだすことが

あまり重要でないことに
ここでは皆、気づかないふりをしている。
なにかをただ大好きになることは
表彰されるような天才的なことか
ごく恥ずかしいことだと思われている。
口移しに食べることも、そう。
一緒に泣きわめくことも、そう。
大好きになることは、とても恥ずかしい。

（がんばるしかないのかな。）
（うんがんばるしかないね。）
熱望が明るく消えていく。
熱望が明るく消えていくのを私たちは見届ける。
所有格を離れると、熱望は鈴になる。
誰にも知らせずに、私たちは何かを決める。
今夜に備えて、必要なものを書きだす。

怠けきって引き締まった腕と脚が必要だ。
音の出ない楽器の弾ける長い指が必要だ。

遊ぼうよ。
ありがとう。
ごめんね。
ここからは、あなたが見える。
私はあなたに向かっていない。
視界いっぱいに、鈴がとんでゆく。

ワンダーフォーゲル

鳥が渡ってゆく
広い催事場の天井を
鳥が渡ってゆく
解体工事が
撤去作業が
休憩している
鳥が渡ってゆく
向かいの会社の
蛍光灯が消えてゆく
ぽう、ぽうと啼きながら
矢印のような姿を
矢印のように連ねてゆく

大きなまるい水のうえを
気流のように波うつ土地のうえを
散歩の人が横ぎってゆく
苛立つように静かな平日を
鳥が渡ってゆく

・

眺めていたかったのに
こんなことになった
いつ始まったのか
ほんとうは知っている
鉛筆や階段のようであろうとした
小石や平皿や靴紐のようであろうとした
こんなことになって
ほど遠くなった

毎日たくさんの人に会ってしまう
人を人をみんな好きになってしまう
眺めていたかったのに
くるりと巻きこまれている
ごはんを炊きパスタを茹で
動物の肉を食べている
ほんのいっしゅん
肉が喉を通らないこともある
次の日にはまた慣れている
食べている肉のことは忘れて
向かいで食べる人のことを考えている
人間なんて滅んでもと思いながら
帰り際には別れるのがいつもつらい
紙パックの飲みものを押しつけて
ちびちび引き延ばそうとした
眺めていたかったのに

意見を求められて嬉しくなった
黙っていたかったのに
喋るのを待ってくれる人を愛した
なにもかも裏切られていったのに
ありえないほど愉快だった
ばらが咲いていた
列を組んで進んだ
ぽう、ぽうと啼きながら
海へ出ると立ち止まり
あらゆる種類の食堂にはいった
そこでまた食べものを待つあいだ
ストーブの熱の暖かさに守られながら
ほんの微かに思いだした
A、眺めていたかった
B、眺めていられる場所を探してた

・

鳥が渡ってゆく
難しいことは何もない
長く寝そべっている陸地の
いちばん明るく光るあたりで
女の子たちが化粧を終える
私たちはひとつの群れとして
まだすこし生き延びると思う
梅の開花、昨年より七日早く
椿の開花、昨年より十三日遅く
ソメイヨシノなど桜の開花、昨年より十五日早く
たんぽぽの開花、昨年より十二日早く
いちょうの発芽、昨年より十一日早く
散歩する人がしゃがみこむ
北へ　鳥が　渡ってゆく

不満は何もない
この決定にかかっている
れっきとした重力には

森がある

ある娘の胸の前に暗い道路がひとすじ延びている、
夕闇か、夜明け前かはわからない。
道路に娘は立っていてそれから歩きはじめる、
道路に沿って道路の上を歩きはじめる、
あたたかい格好だよく備えた格好だ。

地虫が一匹、道路の先で歌っている、
大きい、大きい、ありったけの声で、
　ナスとパセリは仲がいい
　トマトとニラは仲がいい
　ニンニクとイチゴは仲がいい
　春菊とレタスがチンゲンサイを蝶から守る

娘の耳に、ありったけの声がかすかに届く、
娘はふるさとを思い出す自家用畑を思い出す、
そうして娘は元気を出す、
森が生える。

道路の左右に森が生える、
道路の右に針葉樹の森がひろがり、
道路の左に広葉樹の森がひろがり、
一頭の馬、一〇〇年生きた黒い馬がブナの陰から
娘が娘のまま歩いて森を抜けるのを遠くに見届ける、
地虫はまだ同じ歌を歌っている、
娘はききとる、
むねにきざむ、
くちずさむ、
娘のブーツの右足が地虫のすぐ脇を踏む、

森の終わりぎわの道路っぱたに男がふたりしゃがんでいる、
あれは無頼気どりのだ、そうだおしゃれだが踊れない奴らだ。
あれには森の終わりが森の始まりにみえる、
だからあれは自動車を森の終わりに乗りつけて平気でいて、
吸いなれない煙草を競って吸っていて、娘が通るのを
待っていて、
そこへ速度をもった電灯がふたつ向かってくる、
子どもの乗った自転車だ兄の乗った自転車だ。
あれはふたりでひとつになって驚いて跳びすさって、
自分の腰が曲がっていることに
まだ、気がつかないでいる。

娘はもう森からずいぶん離れた場所まで歩いてきたのだ。
道路はいつまでたっても二手には分かれない、
娘は疲れて、明るく灯るカフェにはいる。

するとカフェは同じ顔した娘でいっぱいで、ほとんど満席で
ある娘は痩せある娘は肥り、
ある娘は妊娠しておりある娘は年取っており、
ある娘はもっと小さい娘を連れていて、
道路は黙って待っていて退屈しのぎにカフェの灯りを見ていて、
カフェの窓のほうは道路には目もくれずに、道路ぎわに生えたカツラの、
図ったような黄色と緑の散らばり具合を撮っていて、そのあいだに
一頭の馬、一〇〇〇年生きた黒い馬がカフェの窓から漏れる灯りのなかを走り
抜けてゆき、

日が昇る。
道路がカフェに目を戻すと灯りは消えていて、
誰もいない誰もいない冷たい朝になっていて、
娘がひとり、扉をあける――
娘の胸の前に明るい道路が水平に延びている、
道路と水平に両手をいっぱいに娘は伸ばす、

朝の光を全部吸いこむために。
娘の左手の道路の先から
娘の右手の道路の先へ
速度をもった塊がふたつ、娘の胸の前を横切ってゆく、
子どもの乗った自転車だ兄の乗った自転車だ。
両目を見開いて、娘はふたつの速度を見送る、
乗ったことのない速度を見送る。

娘の準備は整っている、
あたたかい格好だよく備えた格好だ。
　なすとぱせりはなかがいい
　とまととにらはなかがいい
　にんにくといちごはなかがいい
　しゅんぎくとれたすがちんげんさいをちょうからまもる
じぶんの賛美歌を娘は歌いながら
道路を渡る、

そこへ
めきめきと森が生える。

適切な速度で進む船

水上に平凡な船が進み出て
誰にも言っていないことを
クルーは甲板から覗きこむ
この船は菫を採みに行く
結ばれた草がそのままになっている野辺を
この船は切り拓いて行く
誰も帰ってこない
でも漂ってくる

私たちがすくすく育っているときに
あの人たちはあらかじめ失われていた
ある日帰ってくるのをやめたり

水のように別の家へ流れていった
貯金箱から貸したお金は返ってこず
ある人は父になるには女をたのしみすぎた
ある人は船上に一升瓶を持ちこんで
こちらに向かって姿勢をただし
着ているものを脱いでしまって
――すこし体操をしようかなあ
――彼はよく独り言をいうんです
首を回転させ、背筋を伸ばしながら
約束をどぼどぼ海に捨て
両手をぶらぶらさせている
ここにいるどの娘の父でもなくどの父の娘でもない
とはいえ男や女になろうとは思わない
そういう二つの人種をこの船は乗せている
海の上には星が出ている

誰も帰ってこない
でもはっきり憶えている
むかし私たちは共闘したことがある
おいちに、私の娘はうつくしくなります
船がたゆまず適切な速度で進むように
さんし、私の娘は背も高く指も長くすらりとします
右手にはゆりかもめの群れ
ご・ろく、俯瞰する祖先たちの
冷たく澄んだ計画が飛来しても
私たちは握った手を離さなかったことがある

晴れた海に星が巡っていた
娘たちは皆賢い娘だった
舳先で誰かが上手にはだかを折り曲げているのが見えた
あれも誰かの父親なのだ
(違うわ、ただのネコ科の雄よ。)

賢い娘は星に決意を述べて
自分の体操を帆の動きから組みたてた
ネコ科の雄のようにはっきりとした態度に出るために
夜が明けたら誰にもはだかを見せずに飛びこむために

ここにないものについての感情

タオルケットから足を（二本）高くつきだすと
ふくらはぎのなかにも雨が降っている
あれはあなたでしょうか
埋め立てられた波打ち際
ほっそり湾曲する道を
濡れながら走ってゆくのは

ぜんたいに糖分の足りない終電の車内に
今夜も前後の文脈が迫ってきてた
見ないふりをしてもいいのに
みな優しいのだ（あなたもだ）

おやすみ、おはよう
こんなことは名付けなくてもいいよ
こんな近い場所にはいないはずなんだ
あなたが会わなくちゃならない人は誰も

はい、よく見てください
私はだいじょうぶですから構わずに
誰かに、誰かに、早く、早く
あなたでしょうか
走ってゆく

夜明けの色になって
怖いくらい執着して
目を閉じるほど嫌って
あなたでしょうか
走ってゆく

人間じゃないものに見惚れて
目的をもたないまま性交して
何十年後ということを考えまくって
穴のあいた人になって
もうずっと前からあなたは
走っていたように見えます

そう、そこへ立ってみなよその二本足で
私は立ち去るからどうぞ安心して
きっとここにないものが通るよ
よく見てください
あれがあなたです

らくだは苦もなく砂丘になる

私は丘の入り口に立っている
昨日、この丘に雪が降って
それでいまは丘全体にうっすらと無数の足跡が積もっている
いったいいつからこんなことになったのだろう

丘には入り口などというものはない、傾斜があるだけだ
丘には全体などというものはない、乾いた拡がりがあるだけだ
昨日、この丘に雪が降って
雪がまっさらで
とてもかなしかった
私にも傾斜があって、丘のかなしみが
私の傾斜をすべってきた

この丘には無数の足跡がある
入り口をつくった足跡がある
全体を設けた足跡がある
私の足跡はないと思いたかった
探したことがないから
わからないと思いたかった

うまれたときから、丘になりたかった
立っていても、座っていても、眠っていても
私の両目はいつも寝返りをうって丘を眺めていた
丘の向こうに丘が見える
丘と丘の間にも丘が見える
どれだけ遠ざかって眺めても、すべての丘が目にはいりきらない
そうではない、すべての丘などというものはない
とてもかなしかったのと同時に
両足が宙に浮かんだ

この丘には、無数の足跡がある
私には、足跡がない
せめて、砂丘になりたかった

私の足は扁平足だから
きっと砂丘になるのに向いているだろう
むかしおばあさんに仏様の足だと言われたことを
後生密かに優越と勘違いしていたのが
私と私の足である
仏様の足の甲に陽が当たる
朝陽である

仏様はらくだを一頭連れている
らくだの背中にゆたかな傾斜がある
地上に正座し
乾いて黄色く

淡い青空を頭のうえに頂いて
らくだは苦もなく砂丘になっている

悔しまぎれに臭いおならをしてやった
空気が抜けて、両足が地上に落ちた
砂丘になったらくだが背中に乗れという
私はお断りだ
私はお断りして歩くことにする
また歩くことになってしまったが構わない
砂丘をずぶずぶと歩いていった
私は腹を立てていて、得意げで、湿気ていた
汚い毛深い足跡が私の後ろに転々と続いた
そうして結局砂丘の背中に乗せられて
遠く前方に見える丘の上の樹林帯から
歩いても歩いても離れていった

夜が静かで困ってしまう

夜がこんなに静かで
ずいぶん苦労してしまう
闇のなかで桜が咲いていることを思ってしまう
亡霊みたいにコブシが咲いていることも思ってしまう
昼間歩いた道に変態がいないか気になるし
七里ヶ浜はいつも通りのネックレスをきらめかせているか
人の頭くらいある隕石が誰にもしられずに太平洋に落ちたりしていないか
おとまりした山小屋の夫婦はちゃんと寝しずまっているか
春の浜辺で鳶にチョコチップクッキーをかっさらわれたこどもの夢がだいじょうぶか
こういう夜には
いまでもどこかのとても若い四人の男女が真夜中の公園のベンチにすわってふ

た組みのイヤホンを分け合い何かいい音楽を聴いているといいのだけれどそん
なことをもう誰もしないような世のなかになっていないといいのだけれど
誰かの酩酊の度が過ぎてお店のガラス戸を突き破り
腕から血が出て女の子を青ざめさせるようなことになっていないといいけれど
変態の人もお腹だけはすかせてないといいし変態行為に及ぶ前に家に帰ってく
れるといいけれど
すこし開けた窓からは湿り気を帯びた南風
体温みたいな気温のなかに腕を伸ばしいれてみる
誰かの肌を触っているような感じがして
しちゃいけないことをしているような感じがする
なにかたいへんなことを忘れている気がする
なんだろう
なんなのか
わからない
虫もカエルも鳴いてないし発情期の猫の声もきこえてこない
こんな夜には

いつのまにか隣できちんと眠っている人がいるし
自分だけが全部みているような気になって
寂しさに舞いあがってしまう

知らない人と話す

知らない人と話すために
邪魔なものを除ける
椅子を用意する
喉を整える
ここにいる
目にはいっているのは
ただ知らないというだけの人ではない
この人はいまとてもいい空色のぽろしゃつを着ている
都心の西のうるさい飲み屋で茄子の浅漬けをおいしそうに食べている
黄色い辛子をたっぷりつけ
中国の歴史を大変よく識っているそうであり
アルコールには慎重な態度を示し

木綿豆腐に少し似ていて
あまり笑わず
ここにいる
あれえ
なんと新鮮な空色のぽろしゃつだろう
右腕の半袖のくちの生地がわずかにくたびれて
節度の仄めかしの嫌なボタンはひとつもなくて
政治的な話題を避けて
私の知らない人
私を知らない人
ここにいる
魅力的である
今夜いまのところ
私の斜向いで
私を感心させたぽろしゃつだけに与えられている
知らない人というこの名は

いまではもう
ぽろしゃつの人という名にとってかわられ
ぽろしゃつの人の斜向いに座った
ぽろしゃつの人の知らない人は
たぶんもうすぐ
私という名やその他いろいろな光の反射の作用を駆使して
ぽろしゃつの人がこの人に与えた名を
ごしごしと塗りつぶしてゆくだろう
ここにいるふたりの
そのような腕の持ちぬし
いまはまだ割り箸の先に
集中力を隠している
さてと
何から
始めるか
眉毛を

かき直してくるべきだろうか？

スナックみや子

みや子はふざけてしまう。
好きでたまらない人たちの前で
じょうだんばかり言ってしまう。
じぶんのすべてがかわいくてしかたなく
そのことをひた隠しする努力をもって
もっときょうれつなよろこびを
無意識に野望している。

お酒を飲むようになって
お酒を飲むことがとても好きになり
お酒を飲ませる店をゴールデン街にひらいた。
夕暮れは夜明けと同じように青いところがいいと思った。

ハイボールを頼んでくれる人はみんな好き。
だらしない格好で来てくれる人はみんな好き。
飲みすぎる、ひといき前で帰ってくれる人はもっと好き。
あんまりじょうずに飲む人は惚れそうになるから大嫌い。

いつでも死ねる、とみや子は思う。
この店に飲みにくる人々のためではない。
じぶんの手でうちたてたこの高潔な愉しさをまもるためなら
いつでも死ねる。

長生きするに越したことはない、とみや子はかんがえる。
舞台の上で死にたいという人もいるけれど
べつにカウンターのなかで死にたかないと思う。
人に死ぬとこ見られるなんて嫌だもんあたしと思う。

雨が何日も降り続いて誰も店に来ない。
それは夢で、たいへんな緊張感のある夢で、
その晩の最初のお客さんに夢の話をしてしまう。
だって怖いでしょ、喋っちゃえば忘れるでしょ。
きょう最初のお客になったからには、私の獏になってください。
夢を食べる、マレーバクっていうのね、私こないだ、動物園で見たの。

みや子は動物園にはいり、まず猛禽類のケージへ向かう。
白頭鷲や犬鷲をしばらく動かずに眺める。
てすりに摑まり、じぶんの背筋が伸びていることを確かめながら
できるだけ目を大きく開いてみる。
飼育員が投げ入れる肉の匂いを敏感に察知する。
動物園の動物は可哀想だとあの人は言っていた。
たぶんあの人は人間を真面目にやってるのねとみや子は思う。

レモンと梅干しを買って帰ってくる。

ウィスキーと氷が届く。
音楽をかけて、店を開ける。
今日のマレーバクがやってくる。
みや子は鏡を見て
ふざける仕度を調える。

暗闇をつくる人たち

この人は暗闇を修理していた。
暗闇の修理は簡単だから誰にでもできる。
暗闇を修理する仕事に就きたい人は多かった。
わたしもそんな仕事に就くことを夢みていたと思う。
それから長い長い時間が経った。

この人は暗闇を修理していた。
そのころこの人はいい仕事をして
修理関係の人びとの間にこの人の名前が知られた。
わたしもこの人の名前を教わった。
いつかこの人に会いたいと思った。
会ってその手を触らせてほしかった。

わたしは修理関係の仕事に就いた。
この人は暗闇を修理していた。
修理関係の仕事は多岐にわたり
わたしは毎日いちにちじゅう働いて働いて
朝目覚めても起きあがるのが難しいくらい疲れていた。
それでもわたしは修理関係の仕事を続けながら
暗闇の修理関係を待っていた。

何年も何年も経った。
ある日この人は暗闇の修理場で
ちいさくまるまって死んだ。
わたしは自分の職場でこれを知り
おおごえをあげていつまでも泣いた。
会ったこともなかった。
メールしたこともなかった。

わたしはまだ一度も暗闇に携わってはいなかった。

修理関係の人びとがちらちらとわたしを見た。
最後に誰かが、もう帰っていいよと言った。

わたしは修理関係の仕事を辞めた。
次の日わたしのもとに
ひとつの暗闇の修理を
依頼する葉書が届いた。

それからわたしは暗闇を修理しはじめた。
簡単でしかも心躍るような仕事だった。
誰にも教えたくないような仕事だった。
この人の修理した暗闇の駄目になったのを修理した。
この人が死んでからもう随分経っていた。

ある日わたしは自分の修理場で
ちいさく伸びて死んだ。
わたしのために何人かの人が声をあげて泣いたが
わたしはひとつもその声を聞かなかった。
そのかわり
しばらくするとこの人がやって来た。
そして右手をわたしに差しだしてニニニとわらい
へんなかたちの工具を一本くれた。
わたしたちはすばやく握手した。
そしてすぐその足で
それぞれの仕事場
暗闇をつくる仕事場へ向かった。

ぜんぶのはらになったあと

ぜんぶのはらになったあと
私たちは黙って目を輝かせていました
見慣れない景色に目をみはっていました
鰻の子が泳いでいきました
やあ、のぼるのぼる。
水の匂がするようだ。
ぜんぶのはらになったあと
鰻の子が用水路をのぼっていきました

それがみな成魚になって
釣られるか食われるか老いるかして死んで
私たちが生まれたのはそれからずっとあとのこと

成人してしばらくすると広島に原爆が落ちました
それから日本の敗戦で太平洋戦争が終結しました
この夏、ある一冊の本のなかで
本のなかにいた私のすぐそばで

司令部はありません。
ないとは、どういうことか。
とにかく何もないのです。
押しあって建っていた家も
料理屋の土塀越しに伸びていた柘榴も
水玉模様のスカートもズック靴も上着も弁当も眼鏡も
私たちは自分の持ちものだと信じていましたから
そこらじゅう歩き回って探したこともありました
探しても見つからなければ代用品で作ろうとしました
自分で作れないものは作れる人に頼みました
なんでもけっこうです

なんでもけっこうです

許せないぞ。
何が壮観だ、何が我が友だ。
呑気な詩人に腹を立てながら
お弔いの文章を暗記した閑間さんは
のはらをあっちへもこっちへも出かけていきました
頼まれて
お坊さんの代用品になって

お腹をすかしたり
病院から追われたり
波にさらわれたりして
いいのも嫌なのも景色をいっぱい見覚えて
私たちはまだ死なないで生きています
（ここも、なくなるんかねえ。）

（でしょうねえ。）

おい帰ったよ。
川を渡って来た。
流れが案外きついもんだな。
おい、僕はひもじいよ。

ぜんぶのはらになったあと
忘れるなと彫られた祈念碑の脇を
私は通りがかり目をそらしています
子供たちは地団駄を踏みながら平気な顔で遊んでいます
それを目のすみで見ている人がいて
そのまま平気な顔をしていろよと思っています
（また津波が来たらどうするの？）
（また逃げるよ。）

では、コップでかちかち。
さあ諸君、元気を出して食べよう。

ゆっくりと流れる世界の粒子

冬の朝、最後の一葉は枝を離れて落ちる
ヘルメットをかぶった人たちが調査に出て
そのほかの出来事をみんな見逃す
見逃しながら、その利き手に
その日の労働を握りしめる

キツネが森の奥を通ったのも
観測所の日陰の霜柱をリスが踏んだのも
誰も見なかった
漁師の捨てた魚をヒグマが食べたのも
誰も見なかった（ことにした）
ヘルメットをかぶった人たちは

かもしかの糞に木の実が混ざっているのを見るだけで
お行儀よく満足した

真面目な人たちは記録した
私はアンデルセンのパンを食べてた
勤勉な人たちは陽当たりを考慮して伐採した
私は買ってきたゲームをやってた
その間に何が通りすぎていったか
誰も見なかった

見えるもののほかは
そこらじゅう見えなかった
ゆっくりと粒子は流れていった
月が昼を通りすぎた
細い草がのほうずに生え
人も動物もいなくなった場所では

わかれていた世界が閉じて
見るものと見られるものの区別がなくなった

誰もがたいてい何かを見ていた
それでたいてい何かを見逃していた
見えないものは片っ端から言葉にされた
誰かが水のなかにゼラチンをいれてかき混ぜ
言葉にして見えるようにした
そして見えるようにしたものを見逃してばかりいた

粒子はゆっくりと見えないまま流れていった
よいものでも
わるいものでもなく
誰かの命の源となり
誰かのからだの毒となり
ただ一緒にはびこって

元気にほかのいっさいを滅ぼし
お互いを許しあう関係を探しながら

うるさい動物

言葉を信じるな
「青い大空」を信じるな
「輝く大地」を信じるな
「希望の光」を信じるな
わたしはうるさい動物である
わたしは絶えずおしゃべりしながら歩行する動物である
わたしの見た光景はわたしにしか語ることができないのではない
あなたの見た光景はあなたにしか語ることができないのではない
言葉は嘘つきで夢見がちだ
臆病で出たがりだ
理想ばかり立派で何にも出来ない
言葉は何の力も持っていない

言葉にできることは何にもない
だから、言葉を信じるな

うるさい動物には二億年前のパンゲアの分裂が見える
一万年前のビルマの洞窟に描かれた炎が見える
四〇〇年前の江戸じゅうの川の汚さが見える
六〇年前に二〇代だった杉山千代の不器用な恋愛が見える
クレーの天使が東京の空の雲間に見える
武蔵野の山あいにカフカの城が見える

言葉を信じるな
政治家の言葉を信じるな
デモ隊の言葉を信じるな
病人の言葉を信じるな
先生の言葉を信じるな
おんなの言葉を信じるな

武士の言葉を信じるな
セレブリティの言葉を信じるな
労働者の言葉を信じるな
わたしの言葉を信じるな

世界中のだれもが被災している
世界中のだれもが罹患している
世界中のだれもが発症している
世界中のだれもが感染している
言葉を信じるな

うるさい動物が都市に分布する
家賃がかかる
食費がかかる
光熱費がかかる
音楽が要る

思想が要る
言葉が要る
ひとつ欠ければ体調を崩す
熱が出る

けれど、薬を信じるな
巫女を信じるな
歌手を信じるな
資本主義を信じるな
キリスト教を信じるな
世界市民を信じるな
愛と勇気を信じるな
耳を、ふさぐな

わたしはうるさい動物である
ふるさとのなまりなくせし動物である

モカコーヒーは、かくまで苦し！
わたしはうるさい動物である
死ぬまでうるさい動物である

天地

踏みこむと歌が聞こえた
見渡したが誰も歌っていなかった
からすが噴水の天井を掠めていく
犬たちが品の良さを競っている
人びとの横顔に余裕が宿っている

ここにいない人がいるのはどうしてだろう
どうもなにか勘違いしていないかな
ちょっとした禍々しさが
姿を見せてくれはしないかな

いつかずっと過去に起こり

皆身にしみて涙をながし
それからさっぱり忘れてしまった出来事を歌は
歌っているらしい

歌は水辺のほうから聞こえてくる
耳ではなくて
背骨に聞こえてくるらしい

テンペルホーフ主義宣言

われわれはここに
地上のすべての原子力発電所が
原子力発電所跡地になることを想像する

敷地内の壁や柵は取りのぞかれる
誰でもはいることができ
誰にも属さないようイヌワシが注意をはらう

われわれはその場所を公園とも広場とも名付けず
たんに原子力発電所跡地と呼ぶ
海岸線に無数に並ぶトーチカ跡地や
炭坑跡地および炭坑住宅跡地と同じように

すべての原子力発電所跡地に
きれいな水の出る手洗い場を設けよう
芝を管理する人がいるといいかもしれない（後で決めよう）
移動式の住居ならあってもいいかもしれない（後で決めよう）
コドモやヒバリやモグラは歓迎だろう
雇用はうしなわれ
経済は停滞するだろう
だから人間は大反対だろう

高速増殖炉は音楽堂にしたいと思う
原子炉格納容器は高さ約五〇メートル、天井はドーム型
大人数の楽団には向かないかもしれないが（検証しよう）
まずソロでいけるソプラノ歌手やチェリストを呼ぼう
（………ああよく響く、よく響く。）
けれども音楽をきかない人は

お金の無駄というだろう

どんな建造物も跡地になる可能性を秘めている
タイタニック号が沈没船になる一瞬をわれわれはおもう
火山灰が覆ったいくつもの都市についてわれわれは知っている
誰も住むことのなくなった悲しい家の列をわれわれは見たことがある
（………私の夢のことで私を嘲らないでほしい。）

西の大陸に飛行機の飛ばなくなった空港があった
ある日別の大陸の港街からひとりの女の子が来た
草地の地面がひろがっていた、女の子は息を吸った
それから滑走路のまんなかに仰向けに寝転んで笑った
（………今日からここは、私の海なの。）
テンペルホーフというのはその海の名前

すべての原子力発電所に孔が穿たれ

そこへ光が湧いてまだ見ぬ新しい海が出現するのを
われわれテンペルホーフ主義者は確乎として夢みる

四つの動物園の話

1

ある日
サンフランシスコ動物園で
一頭のシベリア虎が銃殺されました
檻の外に出たのが間違いでした
出ちゃいけないなんてきいてないなぁ
シベリア虎は思いました
だけどまあ出ちゃいけなかったんだなぁ
シベリア虎は思いました
鍵があいてたんだよなぁ
機動隊が来ました

シベリア虎は普段よくサービスしている声で吼えました
ヒトをひとりまたひとりと引っ掻きました
あ、まだ殺されない
シベリア虎はもうひとり別のヒトを噛んで殺しました
あ、まだ殺されない
あ、まだ殺されない
殺されるまで、殺されない
殺されるまで、シベリア虎には
ほかにすることが見あたりませんでした
頭のわるいのはしょうがないなぁ

ヒトの靴跡がひと組、檻の前に残っていました
鍵をあけた手の持ち主の足が入っていた靴です
死傷した三人の履いていた靴は、警察が預かっているそうです
動物園に行くために履かれていた靴です

2

ある日
ニューオリンズのオーデュボン動物園に
カトリーナという名前のハリケーンが来園しました
カトリーナは激しく吹き荒れるすてきな女性でした
彼女のためにカワウソ二匹とタヌキ一匹が死亡しました
二〇〇五年九月四日未明のことでした
新聞はカトリーナの訪れをゴージャスにかきたてました
それはこんなふうです

カトリーナの野蛮な魅力が殺害したヒトの数は数千人に及んだ
対してオーデュボン動物園でその脚線美に溺れ死んだのは
一四〇〇匹の動物たちのうちたった三匹であった
動物園が高台にあってカトリーナには少し勾配がきつすぎたため

動物園に着いた頃には彼女の足には疲労がたまっていたという
カトリーナの来園という幸運と光栄をよそに動物たちは
暴風で大量に落ちた樹木の実や葉を食いあさっていたという
このようなつまらないはしたない動物たちのために
干し草、コオロギ、ミルウォーム（ゴミムシダマシの幼虫）などを
すみやかに供給した人物があったという

死んだカワウソとタヌキの名前は報道されませんでしたが
実はラリーとジグソーとマイルスというのです
（マイルスがタヌキです）

3

ある日
ブリスベンシティ植物園に九九年間住んでいたガラパゴスゾウガメが

オーストラリアの動物園に移送されることになりました
このガラパゴスゾウガメは雄で、名前はハリーといいました
あたしもとしとった、とハリーは思いました
身体検査がありました
このとしじゃなにか見つかるかもしれんな、とハリーは思いました
するとハリーには睾丸が見つかりませんでした
おちんちんも見つかりませんでした
ハリーは雌だということになりました
そうかね、あたしは雌かね

誰かがハリーのことをハリエットと呼びはじめました
たぶんロンドンシティの若いひとだったでしょう
そのうちみんながハリーをハリエットと呼ぶようになりました
〈性転換したガラパゴスゾウガメ〉ハリエットをみんなが見に来ました
〈完璧に女装した男の子〉大きな赤いリボンをつけた女の子も見に来ました
ハリエットは目を細めて女の子を見ました

女の子は目をまんまるくしてハリエットを見ました
よう、雌っていったいどんなもんさ
あんたがあたしに教えてよ

4

多摩動物公園の沼地で改修工事が行われていました
工事のあいだ沼地の動物たちは別の沼地に移動していました
移動先で彼らは新しい沼地について話し合っていました
沼地にはもう少し多様な生物がいてもよいと思う
とシフゾウが言いました
多様というとたとえば何であるか
とゴールデンターキンが言いました
鯉とか蛙じゃないですか
それとも鰐なんかどうですか

とムフロンの一頭が言いました
いや、沼地といえばやっぱり豚に限りますよ
沼地に豚がいないなんて風情に欠けますよ
とムフロンの別の一頭が言いました
するとゴールデンターキンが言いました
呼ぼうじゃないか、鯉を、蛙を、鰐を、豚を
わたしは祭りをひらきたい
皆で飲んだり食ったりしたい
一度でいいから、どんちゃん騒ぎ。

いつのまにか、月も星も見えなくなりました
まっくらやみのまんなかで
シフゾウとゴールデンターキンとムフロンが
しずかにしずかに　話しています

ハレーションの日に

その人は手紙を受け取って
文字の読めないままだったから
川はひとしずくも流れなかったし
踊りはいつまでも思いださなかった
栗の木がどこまでも並んでいたけれど
その人は流れない川に足首まで浸かって立ち
石を握って震えを鎮め
汗の引くのを待っていた
新しい風景を探しにいこうとして
ずっと昔から黙って抱えていた声を
その人はひとつひとつ捨てていった
白い花びらを降らせるように

歌いながらひとつひとつ
ろばが首をかしげるように
朝の光を背中いっぱいに浴びながら

註

ぜんぶのはらになったあと

＊井伏鱒二「黒い雨」、ＮＨＫ『あの日 わたしは～証言記録 東日本大震災～』、二〇一三年二月三日の渋谷東急東横店入口での老夫婦の会話からの引用・参照箇所があります。

うるさい動物

＊寺山修司の短歌からの引用箇所があります。

＊言葉は人間がさいしょに被る震災です。言葉は人間が毎日受けつづけている暴力です。被災し、暴力をふるわれて、黙っていることができずに、赤んぼうは言葉を喋り始めます。誰かの言葉はそのまま、誰かの被災のかたちです。何から何までが「今回の震災」なのか、私はずっと、わからずにいます。

テンペルホーフ主義宣言

＊新渡戸稲造の言葉からの引用・参照箇所があります。

＊二〇一二年九月二四日にテンペルホーフ空港跡地を訪れました。ベルリン・テンペルホーフ国際空港は一九二三年に開港し、二〇〇八年一〇月三一日に閉鎖。第二次大戦と冷戦時を通じて西ベルリンの主要空港でしたが、現在は市民が園芸やジョギングをする空き地となっています。閉鎖年の初夏には、ベルリン・フィルハーモニー管弦楽団が空港の格納庫で演奏会を行ったそうです。

四つの動物園の話

＊それぞれの話は、当時のニュース記事などをもとに構成しました。

新しい住みか

アブー

ついに
あなたは
外へ出た

静かな　静かな　朝だった
あなたの　背中の　北半球に
ときおり　虻が　不時着した
不満げな太陽に　胸を　はって
堂々と　外へ
あなたは　出た

むし暑い　無風の　朝だった

くろあげはが二羽　もつれて　飛んだ
あなたはいつもの　速度で　歩いた
誰も　誰も　気づかなかった
脱走するときは誰でも走る　と
みんな　みんな　思ってた

散歩に出たことは　前にも　あった
夢で出会った　賢者の　甲羅に
ツイテオイデの　文字を読み
迂回していく道を　選んで
出ていくなんて　思わずに

だけど　顎では知っていた
境界線が　あるということ
動物園の　内と　外
飼育員さんたちが　いつも

外から来て　外へ帰ること
お客さんたちだって　いつも
外から来て　外へ帰ること

続いてゆく地面を　すなおに信じ
あなたの額に　執着は　ない
あなたの太い　足は　桜の
梢の影を　通りすぎる
喉をくすぐる草を　食べては
自分を待っているのは　どっちか
首をもたげて　あなたは　見た

二週間が過ぎ
そう遠くない林のなかで
人間の親子に見つかるまで――

堂々と　あなたは　あなたの王
一歩の遅さに落ちこむことはあるが
一歩の正当性を疑ったことはない

謝肉祭

薄暗い玄関で、とかげは
はきふるしのスニーカーや
さびたかさたてに守られていた
しっぽまでなめらかに続く身体のままで
また一日、生き延びられますように
（ひがしのうちは　こーわいぞ。）

西の果ての森で、にほんおおかみは
捨てられた犬に身をやつして
その指で移動してきた長い距離と
最後に見た人間の記憶を洞に埋めた
それは小さく縮んだ蜜柑畑のお婆さん

（にしのたはたは　あぶないぞ。）

ふたつの島のあいだで、さざえは
静かな呼吸を続けていた
個体差と種の分岐をいつも
間違えてしまう人たちから
そっと優しく目をそらして
（きたのあさせは　みおかがみ。）

いつもの椰子の木と
いつもの観光客の間で、いぐあなは
公園の脇を走る車の爆音クラクションに
うんうんうんうんとうなずいていた
いつもの鳩を背中に乗せて
（みなみのへいち　めざしなさい。）

プラスチックをいっぱいおなかに詰めて、くじらは
コントラバスのソナタを口ずさんでいた
しょっぱい水を吹きあげる力と
移動する力くらいは残っているし
あっちで光る潮に乗ろうか
（ざららららん　ざららららん。）

それではみなさん
肉に別れを告げまして

ミンミン

「1日中好物ばかり食べて運動はほとんどせず
オスとの関係はいつもうまくいかず
大半をシングルで過ごし
子供を産むこともなかった。」

あなたについてのこの記事が出たとき
私みたいな女の子はとても励まされて
赤毛のアンに勇気をもらったダイアナか
ハイジに勇気をもらったクララみたいに
じゃあきっと私も長生きできるわねって
にやりにやりと、思ったのだった。

けれどもここに書かれたことが
どのくらい正確にあなたを伝えたのか
ほんとのところ誰にもわからない。

あなたが誰をどんなふうに愛したのかはどこにも残らなかった。
どんなことがあなたを喜ばせたのかはどこにも残らなかった。

もしあなたに会えていたら
私は笹の葉をいっぱいお土産に持っていっただろうな
それがあなたの好物だったかどうかわからないけど。

「悪いわねー、ゆっくりしてって」なんてあなたは言ってくれて
私はオスとの関係の悩みをえんえんとあなたに喋ってしまって
あなたは何の役にも立たないアドバイスをくれる。

あなたと友達になれたらよかったのにね。

炊飯器

いちばんすきな画家がいたはずなのに　忘れてしまった
いちばんすきな歌があったはずなのに　忘れてしまった
しかたがないから　炊飯器でごはんを炊いた
炊飯器なんかすきじゃないのに

自分の生まれた日の天気を　誰も知らない
自分の生まれた日に死んだ人とは　会話できない
あとから誰かが教えた話を信じることにして
トイレットペーパーが切れたので　探しにいく

抵抗するための手段を探しているうちに　夜になっていた
生き延びるのに夢中になっているうちに　朝になっていた

何を言いかけていたのか　思いだせなかったから
目の前で息をしているあなたの手を握った

あなたがノートの見開きに書きとめることばと
わたしが本で読んで泣いたことばは　ちがう
あなたはおかしいと思うかもしれないけど
わたしはそのことが　嬉しすぎて笑えた

あなたの生まれた日の天気を
わたしはわたしの好きなように語るだろう
あなたの生まれた日に死んだ人のことも
誇張したり間違えたりしながら語るだろう
あなたははじめわたしの話をぜんぶ信じて驚き
それからあまりすぐには信じないことにするだろう

あなたがわたしを信じないことが

炊飯器と暮らすわたしを勇気づける
すきな絵を忘れてもわたしは平気だろう
自分の野蛮な魂に自信をもつだろう

広げたブルーシートのうえに
持ち寄ったおにぎりや日用品を並べて
お花見みたいだねと言いながら
あなたは生きている

テロリストたち

静かな部屋です
扉がなくて、窓があります
みんなそこから入ってきます
みんなそこから出ていきます
大きな窓です
静かな窓です
向こうはいちめん、草の海です

夜になると
眠れないふたりが忍びこみます
湿った手を窓のさんに掛けて
（ふたりは、はだかんぼです）

（侵入者は、歓迎です）
（所有者は、お断り）
アダムやイブではありません
あまりお風呂に入らないふたりは
すこし脂っぽいにおいがします
お金がないのかもしれません
でも部屋は構いません
（侵入者は、清潔です）
（はだかんぼですからね）
部屋にも何もないので安心です
入ってきた窓から向こうを見れば
きっときれいな興奮をするでしょう

部屋からはよく見えます
遠くに、住むことのなかった街
夜空に、ひどく混雑する星々

ふたりのかなしい狼のぐるぐるまなこ
いちめんの草の海

部屋は憧れているのでした
はだかんぼのふたりにです
どこかを出ていくことにです
部屋は感じていました
（壁が三方、これは多すぎます）
（窓が一つ、これは少なすぎます）
護られすぎているのでした
（まったく釘もすこし刺さりすぎているのです）

あの汗臭い、はだかんぼのふたりは
あんなにやすやすと出ていきます
ひとあしに窓のさんを跨いで
あんなに簡単に風に身を投げて

部屋はまだ絶望していません
出ていくことができるはずです
いい窓がありますから

大きな窓です
静かな窓です

次の星

地球がもうこんなに貧しくなって
画面に映るのは青ざめた道ばかりで
街角にも火花すら散らないというので
みな、次の星へ行くと言っています
なつかしい埃や煙や泥の匂い
幸運に恵まれれば樹液の匂いも
嗅ぐことができるかもしれないと

そんなふうに荷物をまとめる気持ちを
昔の人は希望と呼んだそうです
いのちがけの希望ばかりが増えて
希望がインフレを起こしてからは

私たちはもうあまりその言葉を使いません
みな、次の星の話をしています

みな、次の星の話をしてはいますが
それが同じひとつの星の話なのか
離ればなれの別の星の話なのか
私たちの誰も確信が持てずにいます
正直その話は誰の口から聞いても
希望ということばと同じ程度に
ふわっと嘘の匂いがします

昔はここも大都市だったのかもしれません
瓦礫は風でぜんぶ崩れて砂塵になりました
いまは薄明るい野原です
他愛のない草が生えて
この場所はこんなに心配いらないのに

まだ誰の目にも見えていないみたいです
私はここに家を建てるつもりです

きっとすぐ彼らにも見えるようになるでしょう
そうしたらみな、次の星の話なんてやめるでしょう
そしてみな、ここに家を建てようとするでしょう
土地がだんだん混雑してくるでしょう
信号機と街灯がたくさん立って
交差点の名前が地図に刻まれ
法律が採択されるでしょう

それでも悪いことばかりではないと思います
何人かは友達ができるだろうし
面倒くさくて楽しいことも起こるでしょう
私かあなた、いつかはどちらか先に死んでしまうでしょう
どちらか残って悲しみを抱える仕事を引き受けて

人間はいつか誰でも死にますと昔あなたは言ってくれました
なんだか私は元気が出たのです

いまは地面は冷たくて
何の匂いもしないけれど
私は安心して今夜も眠ろうと思います
次の星ではなくて
この星で

港

台所まで潮の満ちてきた夜明けに
あなたは画面の前に座って
画面のなかにも潮が満ちていたから
あなたはそれを見てコップの水を飲んで
重い頭を何度かぐらぐら回して
回転の問題を解こうとした

いま飲んだ水が喉もとでしばらく回って
あなたはもうちょっとで溺れるところだった
水泳選手がプールからあがり
表彰台へ向かうのを眺めながら

（どうやったら景色は変わるんだろうな）
難しく考えるのが昔からあなたのわるい癖
直線上を進むものは何もないと知っているのに
回転していたことはいつも　後からわかる

地球の裏側へ向かう船が
画面の奥をゆっくり横切ってゆく
ホシゴイやどくへびや猫や火蟻を乗せて
また別の夢に登場するための航路に乗って

裸足のふちまで潮の満ちてきた夜明けに
あなたはあなたが画面の前から立ち去るのを
すこし　待つだけ

ひどく疲れる作業の予感が
あなたをまだ波打ち際に留めている

どこかの港で船を下りた猫が
あなたの様子を見に来ている

野生の鹿

鹿はいつのまにか増えていた
食べればいいのにとあなたは思った
動物園の園長さんは打ちのめされていた
テレビのなかで　正義の意味がわからなくなって

住めない場所がなくなれば元通りの生活ができる
というのは嘘で幼年時代に戻ることはできない
住めない場所はどこにでもあったのに
住めない場所のすぐそばに住んでいたのに
住めない場所を背景にして記念写真さえ撮ったのに
悪い癖だった　何も変わらないと思いこむなんて

そこまで考えてあなたは考えなおす
何も変わらないと思っていたわけじゃない
こんなふうに変わるとは
思っていなかっただけ
こんなふうに鹿が
増えるとは

新しい住みかにはあなたの育てていた蘭がない
移動してくる途中で　鹿が食べてしまったから
世の中には　まいっかと思えることと
思えないことがある
とあなたは知った

心配ごとを距離で
測ることはできない

あなたと園長さんがそれぞれの寝室で眠り
蓮の池の水面まで眠った頃
車の絶えた高速道路を
鹿の群れが駆け抜けてゆく

セシル

あなたを見ると人間は泣きたくなった
黒いたてがみの艶とりっぱな脚が
あんまり太陽みたいだったから
あなたを見ると人間はかなしくなった
秘密を隠して人間はあなたを褒めた

あなたといると家族は安心だった
血筋をかけた抗争であなたは強く
しつこく闘った相手とも生きていけた
深い傷を負うまでがんばったし
退きぎわも冷静に見極めた

あなたは人気ものだった
どこかの狭い動物園のライオンなんかと違って
あなたの身体のすみずみに
生きものの誇りがみなぎっていた
みんな、あなたが見たかった

あなたはちょっと人間がすきだった
かぼそい手足、とぼしい体毛、甲高い鳴き声
いかにもひ弱で、あなたがたより大きな群れをつくり
肉はすくなく、あまり美味しくもなさそうだったが
彼らの目の奥にふしぎな輝きをあなたは見た

あなたには関係のないことだったが
あなたの人気は桁外れだった
あなたが愉快犯に殺されたとき
多くの人間がとても残念がり

そのうち何人かはひどく怒ってもいた
そして犯人は人間の法律でちゃんと守られた

あなたが人気者になった理由も
あなたの死が悔やまれた理由も
あなたが殺された理由も
人間の理由なのだった
あなたがその目の奥にふしぎな輝きを見つけた
はかりしれない人間の理由なのだった

水場

彼女が川になったことは
しばらく経ってから聞いた
教えてくれたのは新聞記者だった
よく知っている川だった
そうか、彼女が、と思った
最近その川で水を汲んでいた私は
なぜ水道が止まったのかやっと理解した

いつものように2リットルのペットボトルをもって川へ行った
川だとばかり思っていたがよく見ると彼女だった
彼女は運動家だったのだから
考えてみれば自然ななりゆきだった

やっとわかったの、と川が笑った
私も川になりたくなった
まだ何も言いださないうちに
なれるなれる、と川が流れた

はじめに深く息を吸った
裸足の裏でせせらぎを整え
それから徐々に川になった
緑の苔がすこしずつ爪を覆い
岩石のまるみが背骨を運んだ

舞うというよりは確かめるような仕草で
彼女のからだは急流を造形していった
その水しぶきを浴びるためには
一筋しかない道を通って

言葉は彼女の岸辺で動かなかった
ときどき彼女は言葉をじっと見た
できるだけ左や右に偏らないように
からだの軸を意識しながら

月光

まず簡単な
あいさつを学ぶ
こんにちはありがとう
おやすみまたねさよなら

それからはいといいえ
拒否をやわらげる表現と
感謝をふくらます表現

それからきれいにしてあなたに会う
いいおかおで握手の手を差しだし
いつのまにか憶えたコードでともかく

受けいれあう

言語の煩わしさをよく知る私たちは
無闇に会話を始めたりしない
喉から手が出るほど明かりがほしくても
自分を照らすものには困っていないふり

広い会場に取り残され
ソファにふたりきり沈みこんで
私たちのどちらかがしかたなく切りだす
あなたはどこに住むか
どんな経路でここまで来たか
あなたの守護言語の様子はどうか
互いの肌には触らずに
私たちは探りあう

そのあと何度か一緒に食べ
ぽかんとした時間を一緒に歩き
それぞれ必要なものを同じ店で買う
そのうちほどよい隙間ができてくる

あなたの骨ばった身体のかたちと
わたしの猫背の身体のかたちが
同じ街並みにまるく収まり
汗ばんだ胸に風がとおって
まだ文法にはないことを
私たちは教えあう

私が私の守護言語で悲しみの歌を歌ったとき
あなたもあなたの守護言語で悲しみの歌を歌った
わかるということはときどき
さっぱりわからないまま私たちに降る

月夜の散歩から帰る道の途中で
たぶんあなたも同じことを思った

エレナ

いつも、うつむきます
恥ずかしくて、それは
子どものころからです
下を見て、歩いていると
きらりと光ります、なにか
それは、落ちた、コイン
あるいは、それは、割れた、ガラス
そして、ときどきはとても、きれいな
きれいなシャンデリアのかけら
そうしたら拾います、わたし
そんなふうにして、大切に
十五年間つけているのが、この

ペンダント、ほら、違うでしょう

ほんとうは（見て、）あなたは
もっと上手に日本語を話せるから
いつかの色白の少女が耳をまっかにして
あなたのチュールのスカートの裾を引っぱっても
見ないふりをしてあなたはわざと言ってあげる
いちばん怖かったこと
知ってもわからなかったこと
びっくりするような出来事の
果てしない生活だから
できるだけ早口で
ほら、もう言葉になった
もう、こわがることなんか何もない
ただちょっと涙形のペンダントトップを
落として壊してなくしそうになっただけ

こんなに、とおい、くにで

浅草橋の手芸屋さん
尼寺みたいに駆け込んで
スワロフスキーのびっしり並ぶ
果てしない可能性にめまいしながら
同じものなんて見つからないのに
私たちは時間を捧げて、探した
諦めなかった、いつまでも、少女の
震える、私たちの、魂のため

この店のどこかに（見て、）必ず
あるはずの、それを、直すのに
ぴったりの、パーツを。

うまれかわる

服をたくさん捨てました
シャツもスカートも靴も鞄も
同情すると厄介ですから
黄ばんだセーターが笑いながら
私に飛びかかってきましたが
さっと身をかわして避けました

いっぱいの段ボール箱を抱えて
駅向こうのリサイクルセンターに行きました
繊維の情念が道みち腕に絡みついてきましたが
あせだくになって鬼の気持ちで
幹線道路の歩道橋をやっと渡りました

作業着のおじさんが待っていました
私の服の山を軽々と引き受けて　無口で
パンプスをいっそく私に戻して
これは、受け取れませんねと言いました
ぼろぼろすぎて、再利用できないからね

かみさま私は身軽です
片手にだめなパンプスを握りしめて
明日はたぶん新しい場所へ行けます

空き家

情報が錯綜しているので
あなたは頼りになる人を思いだすつもりで
かびくさい電話帳を掘り起こすかわりに
充電できる場所を探す

この家は昔から荒れ果てているのに
あなたの皮膚には擦り傷ひとつない
昨日までそのことが後ろめたかったのに
今日はそれどころじゃなくなった
あなたがこの家と戦っているあいだに
隣に建っていたはずの憧れが運びだされて
空っぽの土地になっていた

最近どこにも出かけてなかったあなたは知らなかったが
通りに佇ってみるとどの家も荒れ果てていた
（知らないことは怖いこと。）
（知るのはもっと怖いこと。）
（タツナミソウが咲いて死に。）
（立浪草が咲いて死に。）
あなたは一瞬　この家のことを忘れた

隣に住んでいた人がどこへ行ったのか
誰かが知ってるとは思えなかった
隣に住んでいた人の声がどんなだったか
あなたの記憶は一瞬遠のいた
だけどあなたは見たことがある
玄関の丁寧なステンドグラス
蔦の絡まる寛容な郵便受け

窓の外の劇場の観客だった猫
庭に咲くひめひおうぎすいせん
ひめひおうぎすいせんから生まれた蝶
焼き魚をつくる匂い
新しい腐葉土の匂い
栄えたものが去ったあとの巨大な鉢
廊下に灯る白熱電球のやさしい明かり
障子の隙間から覗く本棚にぎっしり並んだ岩波文庫
あなたがいつか話しかけようと思っていた人
静かに静かに暮らした人

この家には多くの出入りがあったのに
あの家がいつから空き家になっていたのか
誰も教えてくれなかった
あなたが言葉を手放したから
教えてくれたのはカラスの群れ

何を
どこへ
追いかければいいのか

電気がまだどこかに通っていると信じて
差し込み口の見つからないまま
あなたは走る

黙祷

この町には
黙祷の
アナウンスがある

恒久平和を
ねがって
黙祷
するという

清潔な
朝の道
草と葉を糸で

繋ぐ蜘蛛
近くに
駅へ急ぐ人の
アラームの
スヌーズ
遠くに
豆腐屋の撒く
水が散り
もっと遠く
海のイルカと
水族館のイルカの
交信　地球の
裏側の
もようを伝える
テレビ　あれは
何語でしょうか

スポーツ選手が
泣いています
勝ったのか
負けたのか
試合に
出られなかったのか
それはちょっと
わかりません
黙祷を
終わります
ありがとう
ございました

無責任な
アナウンスが
祈りのために

時間をつくり
長すぎないように
終わらせる

行方不明者の
お知らせです
同じ声の人の
午後の仕事
大勢に
拡めるための
ざっくりした
情報

黙祷が
停戦の
合意のために

機能するとき
黙祷は
どの国の言語で
アナウンス
されるのか

（わたしたちは
どんな安心が
ほしいのか）

ほどよい距離に
人を求めて
あなたと
わたしは
互いに
叫ぶ

行かないで
それ以上
近づくな

気球

人類よりすこし早く
私たちは絶滅するだろう
私たちの気の弱さと
書物や自由への愛のために

私たちがずるかったことは
認めないといけない
ひとより多く生きる秘密を知って
誰にも教えなかったのだから

私たちが意気地なしだったことも
疑う余地はない

助けをいま求めている人の
文字になる前の悲鳴が怖かった

知らない街のホテルの食堂
私たちは毎朝同じ席で顔をあわせて
互いの母語を放棄して
ゆでたまごの殻を剥いた

それから
文字が冷やしてくれる時間を待って
私たちは出かけた、何か
読むものを探して

旧市街の河岸を私たちは一緒に歩いた、まるで
二行同時に書けるペンみたいに、そして
ときどき呼吸をあわせたように

同時に立ちどまったりした

空に気球が
みっつ昇って
私が解読するあいだ
あなたは記録写真を撮った

ウムカ

ウムカは背が低い
ださいざんぎり頭で
ださいデニムを穿いて
歌がものすごくうまくて
飲み屋の隅の椅子に座って
ボブ・ディランを自分でロシア語に翻訳したやつを歌う

足をぶらぶらさせて
両手でサムズアップするのがウムカの癖
昔お母さんが通訳だったのがウムカの自慢
旧ソ連の文豪の写真をいっぱい持っていて
投げ銭をもらいながらみんなに見せる

詩人はみんなウムカのことが好きだけど
ウムカの冗談は旧ソ連のネタばかり
老人が眉をひそめることもあるけれど
そんなことウムカの知ったことじゃない

風に吹かれてを自分で翻訳したやつをウムカは歌う
歌っているあいだみんなウムカの言うことを聞いている
赤い口紅の婦人がウムカと一緒にその曲を口ずさみさえする
そろそろ　このへんにしとこうか
あたしはまだいくらでもやれるんだけどさ
ってウムカが言ってライブは終わる

たぶんほんとうにまだいくらでもウムカはやれる
でもみんな　まあ　もう十分って思っていて
ウムカにはそれがちゃんとわかる

ウムカは変人じゃない
ウムカは歌手なんだ

ネズミちゃんは酔っぱらっている

ネズミちゃんというのは、数年まえから私が自分の友達のひとりに数えいれている、ペーター・フィッシュリとダヴィッド・ヴァイスという二人組の美術家によってこしらえられた、ねんどの作品です。おそらくハツカネズミではなくドブネズミでしょう、どうも体色がくすんでいますから。その姿は二人組の作品集でいつでも見ることができます。

気持ちのいい初夏の夜のことでした。私が行きつけの居酒屋を出て夜風のなか帰路につくと、ひとけのない公園沿いの路地で、ちいさな酔っぱらいが立ち往生していたのです。それが私とネズミちゃんとの出会いでした。酩酊のネズミちゃんは気持ちよさそうに半目を開け、路地に仁王立ちになり、なにかうわごとのように呟きながら、たぶんウィスキーかワインと思われる酒瓶を左脇に抱えてその手はポケットに突っこみ、もう片方の手で抱いた街灯に寄り添っていました。ネズミちゃんの足下には、チーズのかけらともサラミとも芋虫ともともつかない円筒形のものが落ちていました。

私はつい、もう一杯いかがです、私にご馳走させてもらえませんかと申し出ました。ことわっておきますが、ネズミちゃんは芸術家でも詩人でもなんでもありません。ただこのときの私は、こんなに気のよさそうな動物を初めて見たので感動して、どうしても近づきになってみたくなったのでした。ネズミちゃんは見ず知らずの私の誘いを快く承諾してくれ、「熊男の太鼓」という名の店へ千鳥足で案内してくれました。以下にあげるのは、そのときネズミちゃんが語ったうちの、ほんの一部です。

（…前略…）というわけだから、ぼくがどんなに後悔しているか、きみにもおわかりになるというものでしょう。こんなことを考えるのも彼女に子どもができたからなんです。彼女はいい友達だしいい女ですよ、子どもを産んでますますいい女になったといっていいくらいなんです（やれやれ、男ってものは、と私は頷きながらおもいました）、妊娠中に彼女はぼくに言いましたよ、「お腹のなかに知らないネズミがたくさん生きてるなんて興奮する、ほんとうに身の毛がよだつくらいに」と。ぼくもいちどそんな興奮を味わってみたいものだと思いましたよ！　その晩のぼくはひどく拗ねたものでした。

子どもというものは、ちょっと話しかければこっちをじろじろ見るし後をついてきさえするが、いったい彼らの目にぼくは、どんなものとして映っているのでしょうね？　ねんど色の、ともかく目鼻のある、何かいいものというくらいには、思ってくれているのでしょうか。うーんだめだめ、「ねんど色の、ともかく目鼻のある、何かいいもの」なんて、すっかりぼくの言葉になっちゃってる。彼らの言葉は違うんですよ、たとえば尻上がりに明るく発音するとか、両手をさしのべるとか、首を振るとか、グラスがあれば乾杯もする、乳を求めて右往左往する、ほっぺたの筋肉をもちあげて笑う、危機の伝達のためには泣く——そういったのが彼らの言葉なのです。ほんとにこのことはいくら考えても、手も足もしっぽも出ないですよ。

ただ、まったく新しい言語に出会うときでも、なんとなくわかりあうということがありますね。ぼくの思うに、そういうときはできるだけ自信をもって、はっきりと、自分の言語で話そうと努めることなんです。ぼくは大人の真似る赤んぼ言葉というのに大反対です。あんなことをされれば誰だってひいてしまいますよ。もし気のいいアイスランド人に会ったら、きみは友好のしるしに、無理にアイスランド語で話そうとしますか？　それよりはむしろここの言葉、きみの言葉で、「まあ、飲もう！」といって、肩でも叩くでしょう。動物園でコビトカバを見るとき、子どもは突然コビトカバのものまねを始めるでしょうか？　そんなことをするのはつまらないことを親に教わってしまった子どもだけです。もしほんとうに子どもの誇り高さをもった子どもなら、必ず「おーい、コビトカバ！」と人間のほうで呼ぶ名前で呼びかけるでしょう。自分の言語できちんと話すということは、通じると通じないとに関わらず、自分と相手に同量の敬意を払うことに違いない。そしてこの敬意というやつは、多少の差はあれ、不思議とどこへでも、コビトカバへでも、通用するものなのです。

それからね……ぼくがいまいちばん新しく考えているのは、それは、道などに落ちている石のことなんですがね。拾い上げることができるくらい確かなもので、かつ得体の知れないものの代表、どんな言葉をもっているのか、われわれにはまったくわからないものの代表、それが、石でしょ。ぼくは先日、ある演劇人と話す機会がありました。それで訊いたんです、「この世界のどんなものでもいいから演じろと言われたら、あなたは何を演じたいと思うか？」と。するとかれが「石だ」と言った。それで話は石の一生のことになりました。

ちょうどその場にいたひとりの若い女優が、面白い話をしてくれました。

「私の中学校の先生が生物の最初の授業で、『石は生物だと思うか？』と教室に尋ねました。『生物だと思う人？』驚いたことに、手を挙げたのは私ひとりだったんです。石は、川の流れを下りながら、形を変えていきますよね？ つまり上流では大きな一本の木の根方にあった岩壁が崩れて、鋭い角を持った岩石となり、だんだん削られてまるい小石になっていきます。私は、どんな石にもそういう一生があるのだから、石も生物だと考えたんです。みんなは違うふうに考えたみたいですけどね。」

ぼくはこの話に大変共感して、女優とかたい握手を交わしました。ぼくは信じますが、自由人なら誰でも、彼女の意見に賛成するでしょう。生殖しなければ生物でないなどというのは、ばかげた思想なのです。どんな石にも、生きてきた時間があり、性格だってある。ならば、石の言語があっても不思議じゃない。つまり、われわれは石にさえ、敬意を表することができるんですよ、われわれがそうしようと決めたならね。

店にかかっていた音楽は、残念ながらロック《石》ではありませんでしたが、私はウィスキーのロック《石》で気持ちよく酔っぱらっていました。「熊男の太鼓」店主のモグラはカウンターの中で忙しそうに立ち働いていましたが、その見えない二つの穴の耳で、ネズミちゃんのこの話を終始聞いていたようでした。その証拠に、モグラが誰にも気づかれないようにそっと、グラスを拭いていた手……うすもも色の小さなずんぐりした手を休めて、さっきまで誰かがゲームに興じていた囲碁盤の碁石に触れたのを、私は見たのです。

永遠と一日

最初に見つけた大木にあなたは寄りかかる
生まれたばかりなのに　ひどく疲れた気がして

隣に見覚えのない人が腰かけているが
とても大切な人だったのかもしれない
あなたはその人と　踊ることにする

空はゴッホのように晴れていて
鳥は巡っていて
森は湧いていて
人々は集まっている

人々は数えられていて
交通は詐欺にあっていて
救急車が停まっていて
産業は黒ずんでいる

この営みのことを好きか
あなたは一度は決めてしまう
それからやっぱり違うと言い
わからないことを悲しんだほうがいいのか
わからない

（すべてを見てやろうと思いながら
　見逃し続けることに安心して
　　あなたは　ため息をつく）

黄色い上着を盗んだ子が森へ

走り去ってゆく
羨ましいような
お祝いしたいような
間違いさがしのような
ひとつの
景色

降る雨の
低く歌う声が
聞こえてくるのを待って

絶望することのできない速度を
たぶんあなたは　軽々と越える
円環に始まりがなくても
あなたには始まりがあるのだ

海に帆をしまう

ここでは呼んでいる
ここでは海と呼んでいる
大きな水のことを海と呼んでいる

ここでは　夜は　深く　ふける
ここでは　朝は　ひろく　ひらく

空気は冷たい匂いがする
水を触ると甘い、それから苦い
沖を行く船はほんとうにあるのかどうかわからない

五本の指の複数の手が

湿った木を乾かして火を熾す
ほんのひととき、火がある
靴を履いた足が火を踏み消す
それから　いなくなる

青が見つかる
海は青くて
赤潮、青く
黒潮、青く
緑の光線、青く
沖つ白波、青く
天女の羽衣、青く
浸した指先は青く染まって
浜辺の石と同じ性質をもつようになる

なることは

あるようになること
（最古のオイルランプのなかには
——一万五〇〇〇年くらい前の
——石や貝殻でできたものがあります）

通過する
観察する
塩をとる
真珠をとる
埋めて陸にする

何をとるのか
どれくらいとるのか
何のためにとるのか
誰かがひとつのことを決め
別の誰かが別のことを決める

（オイルランプはいまでも
　　　　――世界中で使われています）

冷えた手がつかむと海は意味になる
魚の背骨がつかめば海は速度になる
ぷらんくとんがつかんだら、海は宇宙になる

なることは
あるようになること

星のなかに星の流れがあるように
海のなかに海の流れがあり
ひとつの海と別の海とを分け
温かい海と冷たい海とを混ぜる
海の子どもたちは皆ひとみしり

逃げることなら教えてくれる
「こっちにいないことと
あっちにいることは
そんなにちがわない」

海の底では光をつくる
「視力の定義はすこしちがうが」
海の底から電話をかける
「天才をひとり寄越してください
大天才でなくて構いません」
気泡がひと粒ひと粒あがる
なる、（なることは）
その指先をもったまま

ひとつの海になってもいい

ある、(あることは)
海にもやさしい重力がある
「貝殻に住むことにした」

なることは
あるようになること

波が
跳ねて

この詩集に登場する名前について

アブー

アルダブラゾウガメのアブーは、岡山県の渋川動物公園で放し飼いにされていました。二〇一七年八月一日午前十一時半頃、アブーの姿が見えなくなり、全国的なニュースになりました。取材を受けた園長は「カメだから遅いという先入観が災いした」と話しました。／ミヒャエル・エンデ「モモ」（大島かおり訳／岩波書店）に登場するカメのカシオペイアの生態からの引用・参照箇所があります。

ミンミン

CNNのこの新聞記事が出たのは二〇一一年五月二〇日のことでした。実際の記事は、冒頭の四行のあとに続きがあります。「中国南部で飼育されていたパンダのミンミンは、そんなライフスタイルで三四歳まで生き、長寿の秘訣とされる常識をことごとく打ち破った。」二〇一六年には香港のジアジアが三八歳で、二〇一七年には福建省のバスが三七歳で天寿を全うしましたが、ふたりとも、ミンミンよりは常識的に生きたようです。

セシル

雄ライオンのセシルはジンバブエのワンゲ・ナショナル・パークで一生の多くを過ごしました。群れを築き、子孫を残し、晩年には雄ライオンのジェリコとギルガメシュ叙事詩のような友情を育みました。二〇一五年、アメリカの歯科医師で狩猟愛好家の男に殺害されました。十三年の生涯でした。娯楽としての狩猟はその後も合法的に続いています。セシルの息子ザンダは二〇一七年に六歳で殺害されました。／カエターノ・ヴェローゾ「O Leãozinho」からの引用・参照箇所があります。

エレナ

エレナと出会ったのは、ある詩人の講演会のあとの、ある大学の教室でした。エレナは人間で、ふだんはベルリンに住み、ドイツ語を話しています。東京国立近代美術館でエレナと一緒に「日本の家　1945年以降の建築と暮らし」という展示を見た日、エレナの十五年来お気に入りのペンダントが壊れ、私たちは浅草橋の貴和製作所へ行って、そのペンダントヘッドと同じものがないか探しました。似たようなスワロフスキーはたくさんあるのに、探せば探すほどエレナのペンダントヘッドは私にも特別なものに見えてくるのでした。結局エレナはそこでいくつかのペンダントヘッドを買いましたが、彼女がその後それらを付けているかといえば、怪しいと思います。

ウムカ

「初めて見たとき、ウムカは若い詩人が参加する夜のイベントの司会をしていた。ウムカがいったい何者なのか、私には見当がつかなかった。彼女はほかの、まあまあいい感じのおしゃれをしている女子たちと違って、髪はざんぎり、空気は読めない、いつも作業場のおじさんみたいな格好だった。事あるごとにあまり笑えないジョークを大声で繰り返すので、しまいには誰からもかなり遠巻きにあしらわれていた。私もなんとなく彼女に近づかなかった。

ウジュピス地区のカフェでビールを飲んでいるとき「ウムカが歌うぞ」と誰かが言った。そのとき初めて、ウムカがアンダーグラウンドで活躍するロック歌手だったと知った。ウムカはフォークギターをもって登場して、ボブ・ディランの「風に吹かれて」をロシア語で歌った。ウムカの歌は、めちゃくちゃよかった。

その場にいた詩人全員が、ウムカに聞き惚れてチップを弾んだ。私も慌てて5ユーロ出した。ウムカの母親は旧ソ連時代にロシア語とリトアニア語の通訳をしていた人で、当時の有名な文豪と知り合いだったらしい。それがウムカの自慢で、彼女はライブのあと、両親や文豪の映っている古い白黒写真をいっぱい出してきて、みんなに見せた。ユーロ圏となったいまのリトアニアでは、ほとんど忘れられつつある文豪たちだった。写真の写真を撮ってもいいかと訊くと、ウムカはどうでもよさそうに、撮りたいなら撮りなよと言った。ウムカを胡散臭い目で見ていた自分の恥ずかしさをがまんして、写真を撮った。」

（現代詩手帖二〇一六年一月号所収「あなたの言葉よ」より）

ネズミちゃん

この詩のタイトルは、ペーター・フィッシュリ&ダヴィッド・ヴァイスのねんどの作品からお借りしました。ネズミちゃんに会いたくなったら、ふたりの作品集「ペーター・フィッシュリ　ダヴィッド・ヴァイス」（FOIL刊）の124ページを訪ねてみてください。その前後のページで、ネズミちゃんの友達や近所の住人らしき人たちにも出会うことができます。

註

謝肉祭

＊日本昔話「なら梨とり」からの引用・参照箇所があります。

海に帆をしまう

＊『ザ・サイエンス・ヴィジュアル　２光』（東京書籍）からの引用・参照箇所があります。

解説　地面からはじまる連帯

斉藤 倫

大崎清夏さんの第一詩集が『地面』で、その巻頭が表題作「地面」なのは、とてもだいじだとおもわれる。

足もとに地面がある
くろ土の地面がある
地面では朴の葉がくちる
くちて湿ってゆく（「地面」）

オクタビオ・パスは、その詩論のなかで、近代の特徴を、にんげんのうえに世界を立脚させようとすることだといっている。それいぜんは、神話や宗教のうえにたっていたわけだ。近代の延長でモダニスムはあり、ほとんどそのままいまにいたってるとおもう。

そのにんげんの意識や認識、もっというと存在の土台が、いよいよあやしい。それがわたしたちの現在だ。

もちろんそれらのものは、うたがわれ、掘りおこされつづけてきたわけだけど、むしろ土台固めに作用した。根底がゆらぐには、時が必要だったのだ。大崎さんは、「地面」にたつことからはじめなおした。にんげんを土台にしないことをえらんだといっていい。

「足もとの地面から温かい水が／花粉のように昇ってくる／さようなら／さようなら／音をたてて昇ってくる／／無数の円筒形が／その音に耳をすます」と、詩はつづく。

にんげんは一本の管にすぎない、などというけど、それへの立脚をやめたとき、ほかの動植物もふくめ、土のうえで生けるものは、「円筒形」になった。

その「円筒形」にふまれているなら、従来の地面かもあやしい。せかいにたいする意識も認知もあてにならないからだ。むしろ、まだだれもしらないほんとうの「地面」かもしれない。

大崎さんは、そこからはじめた。なにを？

「わたしはノートをとりだして／線を一本かきました／上から下へ、垂直な一本の線です／その人へおしえるつもりで／わたしは線をもう一本かきました」（「窓を拭く人」）

というふうに、線や面、いわば、座標や次元を、手さぐりでさだめていく。たとえば、それは「天井と私のあいだを一本の各駅停車が往復する夜」などの、笹井宏之の短歌をおもわせる。自室のかぎられた状況から、携帯電話ひとつで、せかいをたちあげることをした。

こうした詩のおおくは、神話や創世記にも似た、叙事詩的な記述をはらむ。また谷川俊太郎や入沢康夫にあるように、「定義」のかたちをとることで、言語とせかいの紐帯をゆさぶる、モダニズム的なものになる。

大崎さんの詩は、従来のそうしたものに収まらないとかんじる。読み手と、つくりかたをともにする構えは、神話でも、定義でもなく、いっそ〈仕様〉と呼ぶのがちかいかもしれない。

たとえば、歌の発生のような詩や、折り紙で万物を生み出す詩。川や、境界や、国のようなものをつくり直しもする。これらは場面を記述するより、同時体験をうながすようだ。パフォーマティブといってもいい。

「毎年、冬になるほんの　　前に、すなはまと呼んでいる場所に行く。」（「微風も光線も」）

穴埋めふうの二字アキのために、ほんの少し前でも、ほんの百年前でもありえてしまい、すなはま、という場所の記憶は、たちまち可塑的になって、わたしたちをひきこむ。この「歌」や「川」や「すなはま」は、喩とちがって、ずらしのための前提をともなわない。読者がむきあうのは、シャーレのなかの未生に似た、なにものでもないたゆたいだろう。

シモーヌ・ヴェイユは、超越的なものをうしなうと、社会的なものがすべてとなり、それを乗り越えられないといった。まさに現代のくるしさだ。神でないにしろ、近代以降の詩は、安定したものの亀裂のむこうに、ポエジーを覗かせ、超越におきかわろうとしてきた。そのプログラムが、にんげんという立脚点とともに反古になるとき、どうするか。

言語や意識の手まえの、素朴なひらかれかたを、〈仕様〉と呼ぶならば、おのずと、連帯、の手ざわりをもつ。中心をつくらないような大崎さんの書きぶりも、それへのひとつの回答におもえる。

第二詩集の表題作に、「境界線をきめる協議が／きょうもいたるところにあって／健康には定義がなくなった／吸収してもくるしい／排泄してもくるしい／だからたのしい気持ちで／働くしかなくなった」と書かれる。

そこでは神様の顔は「はっきり見える」のに、「指差すことができない」。超越も、反超越も、かんたんにつくらないまま、そのまわりにつどうさまは、かすかだがたしかな希望に見える。

また鐘というみの「ラ・カンパネラ」はこうだ。「なにかを生みだすことが／あまり重要でないことに／ここでは皆、気づかないふりをしている。／なにかをただ大好きになることは／表彰されるような天才的なことか／ごく恥ずかしいことだと思われている。」

不毛さが否定されるせかいで、倫理というと口はばったいけど、それが芽吹くかどうかの切っ先をとらえて、詩句はライフハックのひびきをもつ。しかし、人生でも生活でもない、〈生あること〉を守るための、ぎりぎりの開墾《ハック》なのだ。「眺めていたかったのに／くるりと巻きこまれている／ごはんを炊きパスタを茹で／動物の肉を食べている／ほんのいっしゅん／肉が喉を通らないこともある」。そして「人間なんて滅んでもと思いながら／帰り際には別れるのがいつもつらい」と書かれる詩、「ワンダーフォーゲル」。山野あるきと、渡り鳥とをいみするこの表題は、よりどころのないせかいで、地にたつ生と、鳥瞰とのひきさかれを一語に示しておそろしくあざやかだ。

これらもいずれ、にんげんに立脚できないひとつの証左だ。まったくふじゅうぶんなのだ。われわれの〈にんげん〉は、女性や、子どもや、ある種の弱さを排して成りたつかぎりにすぎなかったこと。

「でもはっきり憶えている／むかし私たちは共闘したことがある」（「適切な速度で進む船」）

「ネコ科の雄のようにはっきりとした態度に出るために／夜が明けたら誰にもはだかを見せずに飛びこむために」

「じぶんの賛美歌を娘は歌いながら／道路を渡る、／そこへ／めきめきと森が生える。」（「森がある」）

おおくの詩句が、超えゆこうとする生をはげまして、ほとんど勇気の別名となる。また「スナックみや子」や「暗闇をつくる人たち」では、たんに労働ではない、幽冥なつながりの場として、職業というアソシエーションを語る。だが、それらの〈連帯〉には、まだ先があるはずだ。

立脚点としてのにんげんは、あまりにおおくを排除してきたといった。むろん、どうぶつも、そうなのだ。にんげんがどうぶつを排して成りたつのは、いうまでもない。

「人も動物もいなくなった場所では／わかれていた世界が閉じて／見るものと見られるものの区別がなくなった」(「ゆっくりと流れる世界の粒子」)。その「場所」こそが、大崎さんのゴールのようにかんじられてくる。

「ぜんぶのはらになったあと」のなかで、それは、「敗戦」と「津波」、すなわち物理的な焦土や被災地の先に、カタストロフとともに露出するかに見える。ずっとそこにあるのに、だれもが見ない、彼我が融即しなおすような『新しい住みか』を、大崎さんは指差そうとしていく。ひとつひとつ。いかに無謀に見えても、それは詩にしかできないことだ。

「あなたについてのこの記事が出たとき／私みたいな女の子はとても励まされて／(略)じゃあきっと私も長生きできるわねって／にやりにやりと、思ったのだった。」(「ミンミン」)

ことばでどうぶつに触れることはむずかしく、ひとに言寄せても、観察に徹しても、暴力に接してしまう。この詩が胸をつかれるほどうつくしいのは、どうぶつと擬人化によらない関係をむすぼうしているからだ。「見るものと見られるものの区別がなくなった」せかいを、破局のあとではなく、このげんじつにいかにつくるかの、はざまをさぐるような闘い。

「新しい住みかにはあなたの育てていた蘭がない」（「野生の鹿」）。

「かみさま私は身軽です／片手にだめなパンプスを握りしめて／明日はたぶん新しい場所へ行けます」（「うまれかわる」）。

こうして、こころ残りや、流通しないなにかが、新しい住みかへみちびく。すべてを清算して「次の星」に臨むだけなら、破局を恃むのとおなじだから。ただこの星を消費するのに等しい。それはもういい。

「この場所はこんなに心配いらないのに／まだ誰の目にも見えていないみたいです／私はここに家を建てるつもりです」

こう書くのは、この場所を、居場所へと生みなおす決意におもえる。だれかの生きようとする切実な祈りと、歴史が手からこぼしてきたものを、救う／掬うのはおなじことの表裏で、〈にんげん〉の目に映らなくとも、そこに連帯は、きっとある。

収められた詩集を読んできてかんじるのは、はじめから三部作だったかのような緻密な構想だ。だとしても堅固な伽藍ではなく、やはり風のふく更地のようなのだ。あなたの「地面」を、あなたがふむ。それぞれことなったしかたで。はじめにもどって。「さようなら／さようなら／音をたてて昇ってくる／／無数の円筒形が／その音に耳をすます」

そのさようならに、読み返すあなたの耳は、すでに、ちがうひびきを聞きとっているはずだ。

（さいとう りん・詩人）

初出一覧

地面

地面「ユリイカ」二〇一〇年五月号投稿欄
窓を拭く人「ユリイカ」二〇一〇年三月号投稿欄
熊の里「ユリイカ」二〇一〇年八月号投稿欄
わたしは朝日が眩しくて……「現代詩手帖」二〇〇七年五月号投稿欄
微風も光線も「ユリイカ」二〇一〇年一二月号投稿欄
私たちは、流れるを、川と呼ぶ。「ユリイカ」二〇一〇年二月号投稿欄
山をくだる「ユリイカ」二〇一〇年九月号投稿欄
ははの交代「ユリイカ」二〇〇九年九月号投稿欄
春と粉「ユリイカ」二〇〇九年七月号投稿欄
ひゅーじ・ぱーく「ユリイカ」二〇一〇年六月号投稿欄佳作
四〇年といま「FOLIE IN SILENCE & Hallelujah」

指差すことができない

指差すことができない「ユリイカ」二〇一二年三月号
ラ・カンパネラ「ユリイカ」二〇一二年一二月号
森がある「トルタの国語　冒険の書」
らくだは苦もなく砂丘になる「骨おりダンスっ」第4号
暗闇をつくる人たち　未発表作品
うるさい動物「現代詩手帖」二〇一一年六月号
天地「文學界」二〇一二年一一月号
テンペルホーフ主義宣言「neoneo」02
四つの動物園の話「ユリイカ」二〇一一年一月号
ハレーションの日に　舞台公演「タイム」（二〇一二）

新しい住みか

炊飯器「現代詩手帖」二〇一六年八月号

テロリストたち「現代詩手帖」二〇一五年七月号
港「ユリイカ」二〇一七年九月号
月光「ユリイカ」二〇一七年九月号
うまれかわる「花椿」二〇一五年四月号
黙祷　舞台公演「アルプの音楽会」(二〇一六)
気球「ユリイカ」二〇一七年九月号
永遠と一日　スパイラル「スペクトラム」展(二〇一五)
海に帆をしまう　舞台公演「海に帆をしまう」(二〇一五)

その他の作品は、すべて書き下ろしです。

『地面』は二〇一〇年一二月にアナグマ社から、『指差すことができない』は二〇一四年四月、『新しい住みか』は二〇一八年二月にいずれも青土社から刊行されました。

書籍化にあたり、最低限の修正を施しました。

大崎清夏（おおさき・さやか）

1982年神奈川県生まれ。詩集『指差すことができない』で第19回中原中也賞受賞。本書収録の詩集のほか、著書に『踊る自由』（左右社）、『目をあけてごらん、離陸するから』（リトルモア）、『私運転日記』（twililight）などがある。音楽や美術など他ジャンルとの協働も多く、奥能登国際芸術祭パフォーミングアーツ「さいはての朗読劇」では脚本と作詞を手がける。絵本の文や楽曲歌詞、ギャラリー等での詩の展示、海外詩の翻訳など、ことばを軸にさまざまなかたちで活動を行う。

大崎清夏詩集

2024年3月15日　第1刷印刷
2024年3月30日　第1刷発行

著　者　　大崎清夏

発行者　　清水一人
発行所　　青土社
101-0051　東京都千代田区神田神保町1-29　市瀬ビル
電話　03-3291-9831（編集部）　03-3294-7829（営業部）
振替　00190-7-192955

装　幀　　水戸部 功
装　画　　古山 結「また萌ゆ」

印刷・製本　シナノ印刷
組　版　　フレックスアート

ISBN978-4-7917-7629-0 Printed in Japan